# 数奇の場所を文学化する

## 宮本輝の小説作法 PartⅡ

真銅 正宏［著］

追手門学院大学出版会

# はじめに—宮本輝の小説作法—

## 小説の「料理法」の魅力

例えばここに、鯖という食材があるとする。この青身魚を、通常、我々は、そのまま生でかぶりつきはしない。生臭さが残っているかもしれないし、おそらくそのままでは美味しくないと予想もされるからである。そこで、煮たり、焼いたり、揚げたりする。また、下味から始まって、さまざまな味付けの工夫をする。そうして極上の味が生まれる。最新作『骸骨ビルの庭』上・下（講談社、二〇〇九年六月、なお、本文とは別に、ここでは単行本のタイトルで作品を指すこととする）に登場する鯖の味噌煮もその一つである。もちろん、ごく新鮮な場合は、刺身にして食べることもあろうが、その場合も、切り方や盛りつけに趣向をこらす。この時、最終的に料理の味は決定される。当然ながら、味には美味い不味いが生じる。そこで、料理の出来上がりをより確実に高度にするために、専門的な職業としての料理人というものが生まれる。素人が同じように料理しても、全く違う味のものになってしまう。ここでは、素材としての鯖自体より、煮たり焼いたりする料理人の腕が、問われることとなる。

この道筋は、「内容」という物語の素材を得て書く小説家に類比することができる。そして宮本輝は、素材の選択のうまさもさりながら、それを料理する際のさまざまな技術の実験者として、我々読者の前に多彩な世界を繰り広げてくれる。

以下、『骸骨ビルの庭』に用いられた方法から遡及する形で、いくつかの宮本輝作品を、「料理法」、すなわち書き方の工夫の側面から、もう一度じっくり味わい直してみたい。

## 方法（1）子供を描く

宮本輝は、一九七七年七月、『文芸展望』に発表した、少年の主人公をもつ「泥の河」（『螢川』所収、筑摩書房、一九七八年二月）でデビューし、太宰治賞を受賞した。この作品は、同年一〇月に同じ『文芸展望』に発表し、翌一九七八年に芥川賞を受賞した「螢川」（前掲『螢川』所収）とともに、自身の幼少期をモデルとして書かれたものとされるが、そのことは、これらの小説がただ自伝的であるということを意味しない。むしろ事実は逆で、これらには、いくつかの実に効果的な「虚構」による工夫が加えられている。

例えば、「泥の河」の、油に浸された蟹が舟縁で生きながら燃える場面や、最後に川を遡っていくお化け鯉に象徴されるような、幻想的な手法が用いられていることも、その工夫に数え上げることができよう。しかしながら、より重要な方法としては、子供という存在、それは大人という中心に対して周縁と呼ぶことができる存在であるが、その周縁性を用いた方法的工夫が挙げられる。我々は、これらが少年の視線を通して語られることにより、大人の世界を全く違った世界としてもう一度覗き見ることができる。主人公が子供であることの意味は、実は芸術の世界において普遍的な方法である。我々は、小説の主人公が、大人や社会的強者としての男性、健常者など、世の大多数を形成する中心的存在であるより、少数派である、子供や社会的弱者としての女性、病人などの周縁的存在が主人公に選ばれる方が、読者に訴える力は格段に強くなるのである。

これら二作に『道頓堀川』（筑摩書房、一九八一年五月）を加えて「川三部作」と呼ばれることがあるが、『道頓堀川』のみがややその相貌を異にしている。このことも主人公の年齢設定の差異に主たる要因があろう。「流転の海」シリーズは、宮本輝の父熊市をモデルとする、松坂熊吾という人物を主人公とするが、その息子の伸仁の成長も丁寧に書き込まれている。『流転の海　第一部』（福武書店、一九八四年七月）に始まったこの壮大な物語は、第二部『地の星』（新潮社、一九九二年一一月）、第三部『血脈の火』（新潮社、一九九六年九月）、第四部『天の夜曲』（新潮社、二〇〇二年六月）と書き継がれ、第五部『花の回廊』（新潮社、二〇〇七年七月）にまで至ったが、未だ伸仁は小学生であり、いつ終わるともわからない実に長いスパンで書き続けられている。（註1）ここでは、破天荒な熊吾の魅力だけでなく、それと対置される伸仁の視線が、もう一つの魅力を作っていることもまた確かであろう。

## 方法（2）父子関係について描く

子供を描く方法は、さらにもう一つ別の方法へとつながっている。父子関係を描くという方法である。『骸骨ビルの庭』において、作品のかなり早い段階で描かれる、主人公八木沢省三郎と、親の反対を押し切って、たった一年で高校を中退してしまった息子正比古とのやり取りは印象的である。戦後すぐの時代と現代とにおける孤児をめぐる問題が中心であるこの小説の主題とは、一見して距離があると思えるこのエピソードこそは、実はこの作品の父子関係をめぐる方法を強く示唆している。

ある日、正比古は、父が一人暮らしを始めた大阪は十三の骸骨ビルに、東京から夜行バスで突然やってくる。その理由については、何も話さない。ただ、父と一つの蒲団に眠り、次の日、父と、中国古典文学などについての話をした後、東京に帰っていく。途中、新大阪駅から、「単位制の高校があるんだ」という電話がかかってくる。「その退職金、父ちゃんの第二の人生のための大事な軍資金だろう?」と問いかけた正比古に、八木沢は「お前のこれからの人生のほうがはるかに大切だ」と「大声で言い返」す。正比古の再生への誓いを聞いた八木沢の幸福の予感があふれ出ている。ちなみに「正比古」という名前には、「古」に「比」して「正」しく進もうとする彼の過去からの脱皮が込められているようにも思える。

このような父子の関係とよく似た関係は、『朝の歓び』上・下（講談社、一九九四年四月）にも書かれていた。この小説は、妻を亡くしたばかりの江波良介と、かつての不倫の相手小森日出子とのやり直しの恋愛が中心の物語ではあるが、一方で、彼らを取り巻くさまざまなエピソード群が、この小説を支えている。良介と「登校拒否」の息子亮一とのやり取りもその一つである。

思えば、「骸骨ビルの庭」の持ち主であった阿部轍正と、ここにやってきた多くの孤児たちとの関係は、正しく父子関係であり、また、阿部の協力者である茂木泰造と子供たちとの関係は、それに比して母子みたようなものとされているが、茂木もまた男であることに間違いはないので、これもう一つの父子関係といえよう。これに対して、作中において母子関係は、きわめて希薄なのである。このことは、捨て子や孤児を描くこの小説の主題と強く響き合う。ここには、従来の小説にはあまり真正面から取り上げられてこなかった父と子、とりわけ父と息子という人間関係の形を、敢えて取り込む、方法的姿勢がうかがえる。

## 方法（3）運命と偶然と手紙の機能を用いる

吉川英治文学賞を受賞した『優駿』上・下（新潮社、一九八六年一〇月）は、競馬小説とでも呼ぶべき新ジャンルを打ちたてたもので、そこには、競馬を通して、より大きな意味合いにおける「ギャンブル性」が形象化されている。

人生にはさまざまな偶然の出会いや出来事があるが、これを必然の糸で結びつけることが、小説を書くということであろう。

この偶然と運命の魅力を、文体の工夫により、鮮明に形象化したのが『錦繡』（新潮社、一九八二年三月）である。手紙だけで構成されるこの書簡体小説は、別れた夫婦の再会という内容を、スタイルによって強化する。お互いの書簡だけで構成されるために、いわゆる神の視点としての語り手の俯瞰的な描写が入り込まないため、視点の限定を呼び、それが、人生の偶然や運命を、劇的なものとへと変えているのである。

『ここに地終わり　海始まる』（講談社、一九九一年一〇月）は、梶井克哉という男が、一八年間、ずっと病院暮らしであったという実に特異な造型を受けた天野志穂子というヒロインに、宛て人違いの絵葉書を送るところから物語が動き始める。この偶然性は、やはり物語の手法として、大きな役割を果たすであろう。

『花の降る午後』（角川書店、一九八八年四月）もまた、癌で若くして亡くなった夫が、死の五日前に妻に残した、油絵の額の裏に遺した告白の手紙が、物語を動かす要素となっている。油絵は、今は妻の典子が経営する、神戸北野坂のフランス料理店アヴィニョンの壁に掛けられている。そうして、さまざまな事件を経ながら、主たる登場人物たちすべてが幸福なまま幕を下ろすこの小説は、偶然や運命を人間の幸福と結びつける点において、その後の物語の一つの先駆けとなっている。『骸骨ビルの庭』もまた、その系譜に連なるであろう。

『睡蓮の長いまどろみ』上・下（文藝春秋、二〇〇〇年一〇月）もまた、主人公の目の前で、突然身を投げたウェイトレスの加原千菜から、その死後に手紙が届くという、やや怪談じみた設定を含み持つ。

いずれも手紙が作品の偶然性を際だたせる役割を大きく担わされて用いられている。『錦繍』以来、宮本輝の方法の一つの常套的手段ともいえよう。

手紙は、それを書く人と読む人との時間差を生む。そのために、死んだ人の手紙を届けることも可能なのである。これは、人生の偶然性ともつながっている。考えてみるが、『骸骨ビルの庭』は、八木沢が、自らが過去に記した、「骸骨ビル」で暮らした日々の日記を披露するという設定になっている。この日記スタイルもまた、文体として、時間差をうまく取り込む方法である。この日記や手紙を小説文体とすること、作中に劇的な出来事を成立させるために、作者が選んだ方法なのである。

先に見た『朝の歓び』にも「賭ける」という行為が書き込まれている。主人公の良介は、四五歳という働き盛りで、いきなり会社を辞めて旅に出る。この、定年前に会社を辞めて、人生の再出発に賭ける姿は、『骸骨ビルの庭』の「ヤギショウ」こと八木沢の設定に実によく似ている。この賭けもまた、敢えて選ばれた偶然性と呼び代えることができよう。

## 方法（4）現実の土地を特別の文学空間へと変換する

『骸骨ビルの庭』には、十三が舞台に選ばれている。ここは、阪神間にあって、実に複雑な相貌を持つ土地である。大阪という大都市に近いが、下町の代表的存在でもある。関西に住む人間にはよく知られるそのイメージも、いざ言語化するとなると、なかなか難しい。

しかし、大切なことは、文学に書かれる土地が、現実そのままではない、という点である。特に『骸骨ビルの庭』の十三は、現在の十三と、戦後すぐの十三とが、二重写しになって描かれているために、文学空間への変貌が実に直接的に行われるのである。

阪急十三の駅は今でもそうであるが、大阪から、京都へも、また神戸へも、また宝塚や豊中方面へも延びた線の交点となっている。『骸骨ビルの庭』の後半に登場する、悪役夏美のいる京都という場所との往還においても、また作品を彩るエピソードに関わる神戸や明石への往還についても、交通の要衝という位置取りにおいて必然的な設定でもある。しかし、それだけのために選ばれた土地ではあるまい。

「流転の海」シリーズの第五部『花の回廊』にも、阪神間の特異な場所が、そして建物が主たる舞台となっている。尼崎の阪神国道に面した、「蘭月ビルという名の奇妙な長屋」である。この小説には、シリーズの枠を超えて、『骸骨ビルの庭』を予感させる世界観が窺える。それは、ごく簡単に言えば、ある人物たちが集まる、ある特定の場所が、物語の運動に決定的な影響を与えるというものである。

固定的に設定される場所ばかりではない。例えば前掲の『ここに地終わり　海始まる』のタイトルにも、「場所」を大切にする意識がありありと見える。しかもそれは、往還を伴う。西洋との往還もまた、宮本輝の小説の大きな特徴である。

『オレンジの壺』上・下（光文社、一九九三年九月）の田沼佐和子は、遺された祖父の日記の跡を追うべく、パリからアスワンへと向かう。この場所移動は、読者を、祖父の日記の空間、ひいては小説空間自体へと誘導するために機能する。これは、「骸骨ビル」という同じ場所の上で、戦後と現代という違う時間を往還するのとは対比的な方法ではあるが、一方で、場所が小説空間の現実感を保証しながら、しかも読者がそこに没入するよう誘導する手法において共通するのである。

宮本輝には、小説以外にも、『ひとたびはポプラに臥す』全六巻（講談社、一九九七年一二月〜二〇〇〇年四月）という、中国の西安から、パキスタン、イスラマバードまで、シルクロードをたどる壮大なる紀行があるが、このような空間移動の魅力が小説の方法に有効に取り込まれているわけである。

この他、『ドナウの旅人』上・下（朝日新聞社、一九八五年六月）は、その名のとおり、ドナウ川の周辺を舞台とする。『愉楽の園』（文藝春秋、一九八九年三月）には、タイのバンコクで恋に落ちる男女が描かれる。土地と物語は密接につながる。おそらく、宮本輝の小説においては、舞台が確定されなければ、そもそも物語は進展していかないのではないか。『骸骨ビルの庭』も、十三という場所が物語の発想の起源にあるように思えてならないのである。

## 方法（5）食べることを代表とする五感の再現を目指す

『にぎやかな天地』上・下（中央公論新社、二〇〇五年九月）の主人公船木聖司は、フリーの編集者であり、物語の冒頭では、発酵食品の研究書の編集のために、取材を重ねている。その関係で、さまざまな料理や料理屋が登場してくる。いずれも、実に美味そうである。

では、なぜこのような食べ物が殊更に作品に書き込まれるのであろうか。また、読者がこれらの味を、十二分に再現することが期待されているのではないか。

読書において、作中の五感の要素のうち、視覚はともかく、聴覚要素や味覚要素、ましてや嗅覚要素や触覚要素が書き込まれていても、黙読文化の徹底的浸透以降、我々は、読書行為において、よっぽどのことがない限り、頭の中で執拗に反芻することはあまりない。多くの場合、言葉を記号として受け取り、そのイメージを、じっくりなぞることはしない。視覚文化の進んだ現代の読者は、与えられる映像に慣れたため、想像という行為を重視しなくなり、それが小説を楽しめなくしているのであろう。

味覚だけではない。『骸骨ビルの庭』に、ダッチワイフのエピソードが丁寧に書き込まれることについても、それが触覚を表現する最たる材料であるからとも考えられるのである。

『骸骨ビルの庭』が、料理小説とも呼べるような、美味しい食べ物を敢えて多く描く小説であることは、誰の目にも明らかであろう。湊比呂子の「みなと食堂」の数々の料理はもちろん、彼女から学ぶ八木沢が、自ら作る料理も、かなり「美味しそう」である。

『骸骨ビルの庭』の小説のタイトルは、内容から見ても、『骸骨ビルの人々』でも、または『骸骨ビルの部屋』でもよかったはずである。ところが、『骸骨ビルの庭』と、「庭」が強調されたものとなっている。ここにはいうまでもなく、「庭」の役割、すなわち、野菜を作ってくれる大地としての役割の重要性が見て取れる。

この、食べる、という行為にまとわりつく諸要素は、我々が、文字だけでできた小説を通して、いかに作中世界を実感できるかということと結びついている。これは、小説が読者にいかに深く、身近に読まれるか、という問題において、必須の条件なのである。

もちろん、このことは、食べ物にとどまらない問題を孕んでいる。『骸骨ビルの庭』については、作中にも、「ここは幸福の庭だ。孤児たちの飢えをしのぎ、土まみれになっての取っ組み合いの場となり、収穫の歓びも不作の哀しみも教え、世間の冷酷な視線から孤児たちを遮断した庭だ」と、説明されている。「幸福」が宮本輝文学のキーワードであることは、先にも述べたとおりである。

「幸福」なるものは、これまで、ストーリーを中心に説明されてきた。しかし、その「幸福」なるものの実感は、文学という衣装をまとって初めて、読者に届けられる。そのために、それを活かす書き方の工夫が必要である。人物たちの幸福な「劇」を表現するには、まず「劇」というスタイルが必要なのである。

## 読者とのかけひきについて

宮本輝文学には、この他にももちろん魅力的な方法的工夫はたくさんある。例えば『避暑地の猫』（講談社、一九八五年三月）の猫など、「動物」を象徴的に用いる方法なども、その一つである。『優駿』のサラブレッドもまた、その延長線上の手法とも考えられる。

宮本輝はこれら小説の書き方の秘密の一端を、デビューして間もない頃の『二十歳の火影』（講談社、一九八〇年四月）や『命の器』（講談社、一九八三年一〇月）などから、自らエッセイにも書き、インタヴューなどでも明らかにしてきた。これらからも、彼が、自らの登場人物たちを、方法的な創作物でありながら、いったんできあがると自立して存在する生きた存在として、客観視していることが想像される。彼は登場人物たちを作中に解き放つが、そこから登場人物たちがどのような行動を起こすかは、予測不可能であるかのようである。このような人物造型を受けた人物像の代表が、『骸骨ビルの庭』のチャッピーであろう。比呂子には、阿部や茂木たちに最も「忠実」と評されながら、八木沢に対しては、阿部や茂木たちの印象を悪くするようなエピソードを伝え、後には驚くべきことに、憎むべき悪役夏美と関係をもったりしている。要するに、彼の行動は、読者の人物像の一貫性形成の欲望をことごとく裏切るのである。

このような読者の期待の裏切りをも含め、読書の楽しみは、読者自身が方法的側面においても、作品と駆け引きを繰り広げることで増大することは容易に推察できよう。これら、せっかく作者が凝らしてくれた、読書の喜びの種を大きく実らせるのは、外ならぬ我々読者なのである。

註1　周知のとおり、「流転の海」シリーズは、二〇一八年に刊行された第九巻『野の春』で完結したが、初出時の文脈で書かれた文章であるので、ここでは初出時本文のままとした。

※本書中における宮本輝作品の引用文は、一九九二年までの作品については、『宮本輝全集』全一四巻（新潮社、一九九二年四月〜一九九三年五月）に拠り、それ以降の作品については、初刊本に拠った。

# 【目　次】

# 第一一章　「花の降る午後」

## —神戸・異国情緒とレストラン—

# 一、三つのサスペンス

「花の降る午後」は、『新潟日報』（一九八五年七月五日〜一九八六年三月二九日）その他に連載された。その後、角川書店から一九八八年四月に刊行されている。

主人公は甲斐典子という三七歳になる未亡人である。夫は四年前に三五歳の若さで癌のために亡くなり、急遽典子が、義父が創業したアヴィニョンというフランス料理の名店を守ることとなった。

この神戸の老舗レストランの日常に、三つの非日常的出来事が降りかかる。一つは、冒頭に書かれる、高見雅道という画家の登場である。高見は、典子が夫の死ぬ三ヶ月前に療養先の志摩のホテルに共に滞在していた際、夫にねだって買い求めた「白い家」という油絵の作者で、この度初めて個展を開くことになったが、手持ちの作品が少ないので、「白い家」を一〇日間だけ貸して欲しいと、神戸に訪ねてくる。おそらく物語を読むことに慣れている多くの読者は、この青年と典子との関係を予想するものと思われる。小説の中に不要な人物は描かれないのが原則だからである。

もう一つの事件は、アヴィニョンという店が、得体の知れない人物たちによって奪われそうになることである。最初は店の常連客である、ＪＥＢの会の幹事松木かづ子と、ウェイターの水野との関係が発覚するというところから小さく始まるが、典子の義母が家に同居させている遠縁の娘加世子の父赤垣や、松木の子と名乗る荒木美沙とその夫荒木幸雄、松木の大番頭である後藤など、悪い人物がどんどん繋がり、本格的な推理ドラマ仕立てになっていく。

三つ目は、「白い絵」の裏蓋の中に手紙が入っていることに気づいた高見が、典子にその手紙の存在を知らせたことから明らかになる、夫義直自身の死の直前の疑念の物語である。それは、昔、義直と関係があった女性が、義直と別れた後に結婚して生んだ子供が、実は義直の子なのではないかというものである。

この小説は、宮本輝の小説の中でも、サスペンスの要素の強い作品と云える。読者は作中の謎により、情報の不全状態を強いられ、サスペンディッド、すなわち、宙吊り状態に置かれるのである。読者は、この宙吊り状態から脱すべく、謎の答えを知りたく思い、その興味の持続によって読書行為を継続する。犯人探しなどをこの謎解きとして筋に持つ推理小説がその典型である。ミステリーや探偵小説などと呼ばれるものもこのヴァリエーションの一である。

宮本輝は、インタビューにおいて、当時新作の「草花たちの静かな誓い」に触れて、このミステリー仕立ての小説の特徴について、次のように、「得手な分野ではない」と述べている（『毎日新聞』二〇一七年一月八日書評欄）。

　小説の舞台は、米ロサンゼルスの最高級住宅街。行方不明になった少女の消息を追うという、これまでの宮本文学とは趣が異なる、謎解きやミステリーの要素を多く含んだ一作だ。
　「僕の得手な分野ではないですが、何か事件を起こさなければ成立しない物語だったんです。ミステリーはあくまでも道具立てですね」と背景を語った。

ここには、宮本輝の小説の書き方の鍵が語られている。「事件」は「道具立て」として、作者がわざわざ起こすものなのである。そしてこれが、サスペンスにも共通する。宮本輝自身は、あまり「得手」ではないと述べているが、「花の降る午後」は、この作品の先駆と読むこともできよう。

「花の降る午後」には、読者の興味をつなぐ「道具立て」が、大きく三つある。まず読者は、ヒロインの典子が甲斐家の未亡人としてアヴィニョンを守り続けることと、高見との恋愛を貫くこととが相矛盾することを知りつつ、この二人の恋愛の行方を見守ることとなる。この二律背反的な恋愛の設定がその一つ目である。次に、アヴィニョンの乗っ取りという気味の悪い巨大な陰謀から、典子とその味方側がこの店を守り抜くことができるかどうかという、本格的なサスペンス仕立ての枠組が、二つ目のそれとして認められる。そして三つ目が、夫義直の元恋人が生んだ娘が、本当に義直の子であるのかどうか、という疑念の物語である。どれも読者を引っ張り続けるのに魅力的な要素ばかりであろう。そして我々読者は、これらの興味に惹かれ、読書行為を継続する。強制的に続けさせられる、と云ってよいかもしれない。

実はここに、人気作品の最大の秘密が存する。角川文庫版『花の降る午後』（角川書店、一九九一年一月）に付された高樹のぶ子の「解説」は、そのあたりのことをよく穿っている。

「この続きはどうなるのだろう」「この人たちは、この恋愛は、どういう結末を迎えるのだろう」という興味や関心を、最近の多くの小説は、あまりにないがしろにしているのではないだろうか——

「花の降る午後」を読んだ直後の、素直な感想である。（略）

小説の愉しみは、あの真空地帯、つまり一頁目を二頁目が引っ張り、二頁目を三頁目が引っ張る吸引力だと、あらためて気づかせる力が、この小説だけでなく、宮本輝氏の小説にはある。それが文芸の芸と呼ばれるところのものだろう。

読者を惹きつける牽引力に満ちたこの作品は、一九八九年に映画化もされた。神戸市の市政一〇〇周年という協賛も受け、角川春樹事務所作品として、大森一樹監督、典子に古手川祐子、高見雅道に高嶋政宏、夫義直に古尾谷雅人、加賀シェフに梅宮辰夫、一番の悪役、荒木美沙に桜田淳子という豪華な配役であった。神戸という多国籍の魅力を持つ街を背景に、サスペンスの要素をふんだんにストーリーに溶け込ませているこの小説を映画化することは、いわば当然の成り行きだったに違いない。

## 二、フランス料理の世界

さて、典子が守ろうとするフランス料理店アヴィニョンは、フランス料理の名店である。そこで供される料理は、以下のようなものである。

「オードブルは、鴨のリエットザリー添え、あわびの薄造りにグリーンソース、それに仔羊の胸腺肉に季節野菜の三種です。スープはコンソメとカボチャの冷製スープ。メインは、伊勢エビのナージュと神戸牛のコントフィレステーキ。デザートはシャーベットがいつもとおなじ五種類で、もうひとつはモカケーキです」（略）典子は、

「きょうは、二組の団体予約があったわね。オードブルは三種類のうちの二つを選んでもらうんでしょう？」

と訊いた。加賀は頷き、

「勧めるときは、鴨と仔羊が一緒にならないようにして下さい。あわびの薄造りと、鴨のリエットゼリー、それとも仔羊の胸腺肉です」

と言って、大型の冷蔵庫の横にある引き戸をあけた。五十センチ四方の穴に梯子が架けられている。降りると、そこはワイン庫で、その奥に、加賀が自分で作ったアペリティフ用の果実酒が並んでいるのだった。その何百本もの、さくらんぼやいちごや桃やカリンやびわで作られた果実酒の壜を、加賀は自分以外の人間に決して触れさせなかった。アペリティフは、客の好みではなく、その日のオードブルによって、加賀が選

択するのである。

このワイン庫のアペリティフが、あるいは一番、この店の特徴を語っているかもしれない。加賀という人間のこだわりがよくわかるからである。この他、次のような指導の場面も用意されている。

「こらっ、カボチャのスープは、もっと大きく大きく、ゆっくりゆっくり、かきまわすんだ。何遍言ったらわかるんだ。この馬鹿が。殴られなきゃ覚えられねェのか」

と怒鳴った。

フランス料理店の一つの特徴は、この、厨房の指導にあると言ってよかろう。多くのフランス料理店の厨房には、修行中のシェフ見習たちを見ることができる。

もう一つ、加賀というシェフについて、次のような興味深い紹介が見られる。

加賀は趣味がひろく、読書家で、休日にはよく絵画展や陶芸展などをこまめに廻っている。何が〈いい物〉であるのかを知っていなければならないというのが、加賀の料理家としての基本であった。料理と文学と何の関係があるのだ……。そう言って、加賀の厳しさに耐え切れずアヴィニョンを辞めていく若者はしょっちゅういた。休みの日は本を読め。それも料理の本ではなく、すぐれた小説とか、歴史書だとかを。加賀は、若いコックにつねづね語っていたが、なぜそうしなければならないのかは説明しなかった。

ここで若いコックに小説や歴史書を勧める加賀の心理には、作者の食への精通における幅広い教養の必要性という示唆が含まれているかもしれない。この加賀の「料理哲学」は、我々読者にも、フランス料理という特別な場の意味を紐解いてくれる。

けれども、典子は、そんな加賀の考え方を立派だと思っていた。加賀の持論は、すべて見事に、彼の作る料理に生かされているのを知ったからである。加賀は、初めてアヴィニョンを訪れた客を、調理場から出て、大きな木製のついたて越しに一瞥する。その客の顔、身につけているもの、あるいは、漂わせているもの……。加賀は決して自分の料理哲学を客に押しつけたりはしなかったが、一枚の皿を選ぶとき、その客から感じた何物かを考慮に入れている。料理であるかぎり、〈うまい〉だけでは充分ではない。〈楽しい〉という点も要素であり、〈贅沢感〉も、逆に〈素朴感〉も、それぞれの料理によって必要である。客によっても、求めているものは多種多様なのだ。その客は何を〈うまい〉と考え、何を〈楽しい〉と感じるのか。加賀は自分の哲学の範囲で許容出来る遊びを、客によって使い分けるのである。

多くの日本人にとって、格の高いフランス料理店に行くことはもちろん歓びであろうが、その「場」へ慣れないうちは、さほど心地よい体験でない場合もあろう。少なくとも、普段の食事とは異なる心構えと何らかの準備をしなければならないという無言の圧迫を感じることは、フランス料理店に限らず、格式ばった場所ではやはり多いのではないか。このような緊張感に近い感覚を、店の側と客の側のお互いが快感に変えることが出来た後、フランス料理という「場」はようやく楽しめるものになる。

ただし、このような「場」に慣れた客が上客とは限らない。荒木幸雄という客は、その典型である。ある日、美沙と二人でやってきた荒木は、「ブルゴーニュ産の辛口の赤ワイン」を注文する。加賀は、「同じ品種でも少し甘口の、荒木が註文したのとは違うワイン」を典子に渡し、「試してみましょうよ。味見して、きっと『ノン』

て言いますよ」と囁く。案の定、荒木は、「私が頼んだのと違うものでしたが、これもなかなかおいしいので、換えてもらわずに飲んじゃうことにしました」と告げる。このエピソードから読者に伝わるのは、荒木がかなりワインに精通したことと、それが、実に嫌味なことでもあるという点である。

このあたりが、贅沢であったり、上品であったりすることの難しさと云えようか。そして荒木が「ノン」ということを見抜いていた加賀は、いずれにしても、客の一枚上を行く者なのである。

もう少し、アヴィニョンの料理を詳しく見ていきたい。

加賀は、典子の夜食のためにも料理を作ってくれる。或る日のそれは、「フォアグラとうずらのパイ皮包み」である。典子は、ウィスキーの水割りでこれを食べる。そして、次に高見が神戸に来る土曜日のメニューを、この「フォアグラとうずらのパイ皮包み」に変えないかと加賀に提案するのである。この挿話は、典子が高見にのめり込んでいることを殊更に示す。

次の土曜日の元のメニューは以下のようなものであった。

「オードブルは、オマール海老と温製帆立貝のムースリーヌ、それから、鯛と茸のシェリー酒風味。メインは、仔牛のフィレ肉クレープ包みプルノーソース。デザートは、苺のムースです」

また、高見がやってくる或る夜のメニューは、「コンソメスープとハム、それにデザートチーズとパン。辛口の赤ワインを一本……」といった実にシンプルなものであった。これまでの料理と比べると、やや地味に見えるが、デザートチーズには上質のものが四種類も用意されていた。

「これは?」

「ブリー・ド・モー。牛の乳で作った白カビのチーズ。やわらかいの」
「じゃあ、これは？　ブルーチーズだろう？」
「そうよ。ロックフォールって品種の最高級品。羊の乳で作るの」

さて、このような料理を出す加賀が、陰謀により、車にはねられ怪我をする。店を休みにしようと思案していると、加賀がメニューを考え、阿井という助手のシェフに任せてみては、と提案する。そのメニューは以下のようなものである。

「三週間分のメニューを全部組み立てました。ブイヤベース月間というふうにして、いろんな種類のブイヤベースを基本にしようと思うんです。それだったら、阿井にもなんとかこなせるでしょう。赤印をつけてあるのは、阿井も見たことのないブイヤベースです。これが三日おきにあります。午前中に、阿井に病院にこさせて下さい。ポイントだけ説明しますから」（略）
「今週は、プロヴァンス風のブイヤベースです。これはチョーさんに、私のほうから電話しときます。いい伊勢海老が必要ですし、貝類もとびきり新鮮なものじゃなきゃいけません」
チョーさんというのは、アヴィニョンと特別に契約を結んでいる志摩の漁師であった。早朝に獲った魚介類を車に積んで、その日の三時ごろにアヴィニョンに持ってくるのだが、加賀は何日か前に、いつどんなものが欲しいと電話でしらせておくのである。

この仕入れの方法を見るだけで、アヴィニョンの料理がいかに特別であるかがわかる。
アヴィニョンのメニューは、他にも次のように、物語にさりげなく溶け込ませて紹介されている。

「きょうのオードブルは、新鮭のテリーヌ、スープはコーン・ポタージュ。魚料理は明石鯛のマリネ。メインディッシュはフィレステーキのグリーンペッパー風味。デザートはリンゴのババロアでございます」

低い声で笑い、荒木は、仔羊の喉肉のテリーヌをオードブルとして選び、海草のサラダとパン、それにフィレステーキの茸ソース和えを註文した。美沙もそれに倣った。

他にも、義母のために加賀が用意した「チョコレート・トルテ」や、加賀が作った特製の「おじや」と「野菜ジュース」などが書かれている。後者は、「栄養満点ですよ。コンソメスープで、ことこと米を炊いて、玉子を三個溶かしてあります。あとで野菜ジュースをお持ちします。人参と林檎とレンコン、それにオレンジを一個。いっぺんには飲みきれませんから、喉が渇くたびに、お茶代わりに飲んで下さい。蜂蜜もたっぷり入ってます」と加賀が解説するものであるが、もちろん、フランス料理の一品ではなく、愛情の籠もった家庭料理の一皿である。

一見きらびやかな、この小説の中の料理であるが、その根底には、料理が、それを食べる人への愛情によって、より美味しくなるという基本の考え方が流れているようである。それは、ちょうど、先に引用した高樹のぶ子が、宮本輝の「芸」について触れた部分に続く、以下の文章に見事に響き合っている。

芸はテクニックのことではない。だから「上手《うま》い」と誉めるのは少々的が外れている。読者、つまり語りかける相手への、やさしさや愛情のあらわれが、芸ではないのだろうか。

加賀の料理は、このような「上手《うま》」さ、すなわち「美味《うま》」さを感じさせるものなのである。

## 三、「花の降る午後」の舞台

「花の降る午後」は、先にも書いたとおり、多国籍の魅力を持つ神戸を舞台とし、神戸を真正面から描いた小説である。多国籍性とは、具体的には以下のような箇所から窺える。

典子が営むフランス料理店アヴィニョンは、神戸の北野坂から山手へもう一段昇ったところにあり、右隣に黄健明貿易公司の事務所、左隣に毛皮の輸入販売を営むブラウン商会が並んでいる。

ペルシャ美術館よりもさらに坂道を昇ったところにあるアヴィニョンへ行くためには、三宮からタクシーに乗り、北野坂から北野通りへ出て右折し、不動坂とつながる道をさらに昇って行かなければならない。その道は車も通れる幅はあるが、二台がすれちがうだけの余裕はないので、タクシーの運転手の多くは、北野通りと不動坂との四つ角で車を停め、ここから上は歩いてくれと無愛想に言うのだった。典子でさえ、北野坂からアヴィニョンへの坂道は息が切れた。

八月に入ってから、典子は、昼食兼用の食事をとる前、アヴィニョンから不動坂を降り、山本通りを北野坂に曲がって中山手通りの手前まで行き、思いきり足を上げて速歩で二往復することを日課にした。

このあたりの急な坂の様子などが丁寧に描写されている。

典子の夫義直は、先にも書いたとおり四年前に癌で先立ち、姑のリツから勧められて、典子は未亡人ながらこの店の跡を継いだ。リツのいる岡本の甲斐家に帰るのは、閉店後の片付けの後では遅くなるので、典子はここに寝泊まりするようになった。また、リツの家では「岡本にある私立の女子大に、加世子というリツの遠縁の娘が入学し、甲斐家に下宿して大学に通い始め」る。この大学が甲南女子大学を指すことは容易に推察できる。

この他にも、神戸の地名が実に多く出てくる。

ポート・タワーが見え、港に並ぶクレーンがかすんでいた。

窓は西向きだったが、少し離れたところに建っている〈うろこの家〉の三角屋根や、何本かのくすのきの巨木が、昼から夕暮までベールをかぶせてくれるからだった。

病院を出て、典子は自分の車を神戸大学の方向に走らせた。（略）そのまま阪神国道に出、石屋川のほうへ戻って行った。（略）

石屋川のほとりを山手に進み、神戸大学の、学部別に幾つかの校舎が分かれて建ち並ぶ道をさらに昇った。

他にも、「芦屋の松木邸」「北野町のマンション」「甲子園の近くのホテル」「王子公園の西側を山手に昇ったところにある実家」「ペルシャ美術館の近くに最近出来たばかりの喫茶店」「西宮の甲陽園からさらに六甲山をのぼったところにある静かな病院」「春日野道よ」「異人館の近くのブティック兼喫茶店」と、土地の特色をまとった地名が多く鏤められている。

フランス料理や中華料理に代表されるとおり、神戸は、食の街でもある。この他、五感に訴える表現は、地名のイメージによる再現を助けることはいうまでもない。これらの街々には、それぞれの個性が、匂いや触感として溶け込んでいる。ただ他の小説に比べると、さほど直接的ではないかもしれない。この小説には料理という主役がいるので、味覚に多くを譲っているかのようである。

ただしこの小説には、五感に関してもう一つ重要な要素を忘れてはならない。視覚要素である。

## 四、絵と神戸

文字芸術である小説に描かれる絵は、言葉によって変換されたものであり、その描写は困難を極める。

高見は、学生時代にリュックサックを背負ってフランスやスペインを旅行したことがあり、マドリッドでプラド美術館を訪れた際のことを以下のように回想している。

「(略)ぼくはプラド美術館で観たい絵はひとつだけでした。ボッシュの『愉楽の園』です。ご存知ですか?　ヒエロニームス・ボッシュ。スペインではエル・ボスコって呼ばれてる十五世紀から十六世紀の画家です」

ところで、宮本輝には「愉楽の園」という小説がある。『文藝春秋』に一九八六年五月から一九八八年三月まで連載されたものである。この連載年月からわかるとおり、「花の降る午後」の執筆時と重なっている。

単行本「愉楽の園」(文藝春秋、一九八九年三月)の「あとがき」において、宮本輝は次のように書いている。

なお、「愉楽の園」という題は、スペインのプラド美術館に所蔵されているヒエロニームス・ボッシュの絵の題からヒントを得ています。この有名かつ奇妙な絵は、日本では「幸福な園」だとか「愉楽の庭」だとか、いろんな訳し方がされています。ですが、私はその中で最も気にいっている「愉楽の園」という題を使わせていただきました。しかし、ボッシュの絵と、この小説とは何のつながりも関係もありません。

この「あとがき」には、「一九八九年三月」という日付が付されている。むしろボッシュの「愉楽の園」の影響は、「花の降る午後」で達成されていたのかもしれない。

では、この小説の中の絵は、どのような働きを示すのであろうか。

この小説には、高見の描く絵がいくつか登場するが、重要なものは二つである。一つは、この物語を動かし始めた、冒頭に描かれる「白い家」である。「英虞湾沿いの喫茶店の板壁に五点並べて掛けてあった」ものの一つである。

どれもみな六号の風景画で、ひとけがなくて寂しいのに、妙な烈しさを持っていた。典子は、その中の「白い家」という題のついた絵がひどく気にいり、もう当時三十分もつづけて歩くことすら困難になっていた夫にせがんで買ってもらったのである。モジリアニが風景画を描いたら、おそらくこのようなものになるであろう。夫に言うと、「そうかなァ」とつぶやいて優しく笑った。

この説明を読んでも、どのような絵であるのかが不明で、読者は具体的な像を想像できないのではないか。

ところで、絵を作品中に描く小説は、世にたくさん存在する。有名なところでは、芥川龍之介の「地獄変」(『大阪毎日新聞』夕刊および『東京日日新聞』一九一八年五月一日(『東京日日新聞』は二日)〜二二日)や、宇野浩二の「枯木のある風景」(『改造』一九三三年一月)などを挙げることができよう。後者は画家小出楢重の絵をモデルにしたものである。またブリューゲルの絵を扱った野間宏の「暗い絵」(『黄蜂』一九四六年四月、八月、一〇月）もよく知られている。これらと比しても、宮本輝の小説中に描かれる絵は、抽象度が高いように思われる。これはもちろんアブストラクトであるという意味ではなく、絵とそれを指示する言葉との距離の問題である。そこには、何らかの意図があろう。

高見は、典子に、学生時代にマドリッドのプラド美術館でボッシュの「愉楽の園」を見た時のこととして、以下のように語る。

「ぼくは、その絵の前で何時間立ってたのかわかりません。なにか夢を見てるみたいな気持でした。ぼくはそのとき、何がリアリズムで、何がアブストラクトなのか、わかったような気になったんです。すぐれた抽象性というものは、細部の緻密なリアリズムが核になってるって。そういうリアリズムのうえに立って発散してくるものは、もう口では説明出来ない不思議な雰囲気であり、妖しい世界であり、陶酔の一瞬です。ぼくはそのとき二十一歳で、怖いもの知らずでしたから、自分が……」

そして、この絵に挑むように、高見は大作を制作することを志す。

この絵の完成は、実はこの小説のもう一つの、つまり四つ目のサスペンス要素である。典子によって註文された「六十号の油絵」に関する謎である。その絵が完成するかどうかについて、読者は興味を抱き続け、最後まで期待し続ける。

やがて描き上げられたその絵は、次のように描写されている。

横にした六十号のキャンヴァスには、墨絵と見まがうばかりに、濃い黒と淡い黒が塗られていて、典子は、

「あらっ」

と小首をかしげた。けれどもよく見ると、濃い藍が、微妙にその黒を縁どり、急な坂道を描いて暗い空に伸びている。坂の右側には、コンクリートの汚れた塀があった。左側には、廃墟のような石の建物が並んでいた。坂道の向こうに、さした傘の上半分が幾分右へ傾いている。その傘だけが茶色っぽくて、さしているのが男なのか女なのかはわからなかった。

黄色い布の中に、封筒が入っていたので、典子は、ドレッサーの前の椅子に坐って、封を切った。

〈「雨の坂道」という題です。お気に召したら買って下さい。（略）〉


（略）典子は、「雨の坂道」という題の、待ちに待った絵を食い入るように見つめた。寂しい風景であったが、どこからか人間の賑わいが聞こえてくるのだった。そして、そこには時間というものが流れているのを感じた。傘をさした人が、雨の坂道をいま下っているのか、それとも昇っているのかは、こちらの心次第で、絶えずどちらかに、明確に伝わってくるのである。「白い家」にはなかった作者のサインが「雨の坂道」の右下に小さくしるされていた。〈雅道〉と縦書きの漢字で。

絵が、北野町のどこかの坂道なのか、それとも、まったく関係のない外国の路地の一角なのか、典子にはわからなかった。


この解説を読んでも、やはりその象徴するところを読み解くことは困難であろう。おそらく典子にも、この絵の良さがわからないのではなかったか。しかし先の高見のリアリズム論と呼応していることは確かである。また私たち読者にもその良さを解説してくれる人物がこの小説にはいる。加賀である。加賀はこの絵を見て、この画家がマダムを好きなのではないかと言う。

加賀は、じっと「雨の坂道」を見入っていたが、
『白い家』もいいけど、この新しい絵も、たいしたもんですねェ」
と言った。（略）
「マダムを好きなんじゃないですか？」（略）
「私は、フランスにいたとき、暇をみつけては、美術館に行ったり、オペラを観たり、さびれた港町へ行ったりして、料理のことを考えつづけたんです。料理とは何かって。料理とは、恋ですよ。人間を愛することから始まった。音楽も文学も、絵画も、結局はそうでしょう」

ここに、この小説のテーマは極まったと言えるのではないか。料理も音楽も文学も絵画も、全て恋である。この哲学がこの小説の根底の部分を支えていたのである。

ここに、味覚による料理の世界と、視覚による絵の世界が、言葉を介して結びつく。ただしいずれも、言葉を介することで、元のものからは変質している。言葉を介するがゆえに、共通性を持つことが可能になったと言い換えてもよかろう。言葉は、五感という本来言葉にできないものを、それを変質させてしまうという犠牲を払ってでも、同じ世界に並べ置くことを可能とし、その魅力を以て、元のものの価値を代替させるのである。

# 第一二章　「愉楽の園」

## —バンコク・アジアという遠くて近い場所—

## 一、アジアを書く困難と作中作

「愉楽の園」は、『文藝春秋』に一九八六年五月から一九八八年三月まで連載された後、一九八九年三月に、文藝春秋から刊行された。

物語は、「愉楽の園」というタイトルが示唆する、亜熱帯の国で金持ちの愛人としてメイドを使いながら暮らす恵子が、「木の低い寝台に寝そべったまま」「満開のブーゲンビリアの向こう」に細い運河を眺めるシーンから始まる。運河はチャオプラヤ河と繋がったもので、この運河が縦横に流れるタイのバンコクが舞台である。

この舞台設定は、宮本輝作品のみならず、我々日本人読者にとってやや珍しい題材と言ってよいものであろう。恵子をこれまでの三年間運河のほとりの邸宅に囲っているのは、サンスーン・イアムサマーツという王族の血を引く有力政治家である。彼から、とあるホテルに呼び出しの電話が入り、恵子はメイドのチェップの夫であるコップの車で出かける。その途中、「国立図書館の前を通り、チャクラポン通りを左折してマハチャイ通りの真ん中あたりまで行くのに三十分近くかかった」という記述が見える。車窓から眺めた街の様子は、「チャオプラヤ河畔の路地からは、後方に王宮とワット・ポーの屋根が見えた」といったようなものである。周知の通りタイは仏教国で、多くの寺院があるが、恵子は「タイの寺院の前にたたずむたびに、日本へ帰りたくな」っている。なぜなら「そそり立つ尖塔と、そこへつらなる鱗みたいな瓦は、退廃が異質の退廃を拒むのと同じ作用で、恵子の心に乱れを生じさせ」るからとのことである。似ているがゆえに、日本への望郷の思いを強くさせるのであろう。

恵子は謎の多い人物として設定されている。サンスーンが調べた恵子は、次のような人物である。

「東京に生まれた。五歳上のお兄さんがいる。お父さんは医療器具を扱う会社を経営していたが、恵子が大学を卒業する半年前に亡くなり、いまはお兄さんが跡を継いでいる。会社は小さいが、堅実な経営をつづけてる。お母さんは息子夫婦と暮らしていて、孫が二人いる。恵子は大学を卒業してアメリカ系の航空会社にスチュワーデスとして就職し、三ヵ月間、アメリカでの養成期間を経た。あと二ヵ月で機内勤務が始まるころ退職した。理由は、個人的な事情。会社を辞めて三ヵ月後にバンコクに来た」

ここには「個人的な事情」すなわち恵子の過去の「事情」が欠けている。それは、妻も子供もいる指揮者との男と女の関係についてであった。これについても、今度は恵子がサンスーンに語る形で紹介される。

「正式に離婚手続きが済むまで、随分かかったわ。そのあいだに、私は航空会社に就職したし、彼もあるオーケストラの常任指揮者になった。私たちが結婚を二年先に延ばしたのは、妻も子もある彼の離婚の原因が、別の女性との恋愛によるものじゃないってことを証明するためだったの。私はアメリカに行き、彼は演奏活動に忙しかった。彼が首を吊ったのは、私がアメリカでの研修を終える二週間ほど前よ。発見が早くて、彼は死ななかったけど、もう以前の彼じゃなかった。私を見て、赤ん坊みたいに涎を垂らしながらベッドの上で笑うだけ」

植物人間になってしまったこの男は、もともと「心の病気」を持っていた。恵子は彼の看病から逃げ出したが、しかしまだ彼に対しての未練は残っているようでもある。

さて、サンスーンに誘われたホテルで、恵子は一人の日本人と出会う。野口謙という旅行者あるいは世界放浪者である。彼は、三六歳にもなって会社を辞め世界旅行に出かけた。

一年と少し前、野口謙は、ショルダー付きの中型の旅行鞄ひとつを持って、成田空港から北廻り便に乗った。北ヨーロッパで一ヵ月すごし西ヨーロッパを転々とし、東ヨーロッパでビザの申請をしたあと、ルーマニアからモスクワに入った。モスクワでは風邪をこじらせ、二週間も寝込んだ。それからポーランドとチェコへ。チェコから列車でウィーンへ戻り、列車を乗り継いでイタリーへ。船でギリシャに渡り、トルコへ行き、回教圏をさまよい、スペインへ飛び、ポルトガルを廻ってジブラルタル海峡を越えてモロッコに向かった。

安い航空券を手に入れたので、モロッコから大西洋の上空を飛んでニューヨークへ。カナダで時間をつぶし、体を休めたあと中央アメリカを縦断して南米に入り、アルゼンチンから貨物船で南アフリカのケープタウンに入港した。

野口の旅が無目的なものになったのは、そのあたりからで、彼は砂漠の動きに乗るみたいにザンビアやザイールやケニアを流れ歩き、エチオピアで腰を落ち着け、そこで知り合った金持ちのアメリカ人に誘われてエジプトに飛び、ナイル河畔の別荘で遊んだ。再びエチオピアに引き返し、サウジアラビアへ移ってほとんど文無しの状態になったのである。

こうして、旧知の小堀秀明という人物を頼ってこのタイにやってきたという。それなのに彼は、まだ「行きそこねた国」がたくさんあるとして、「パキスタン、インド、中国、それにオセアニア地域」を訪れたいと考えている。

これまでの旅の間にも、当然ながら貴重な体験もしている。

「エチオピアでは、二十三日間、風呂に入るどころか、水で体を拭くことも出来なかったよ。草一本はえてない。子供の死体の中には、腐りもしないでミイラ状になってるのもあった。（略）二十何日かぶりに風呂に入ったのは、サウジアラビアへ渡ってからさ。洗っても洗っても、体のどこかから砂が出て来る。嘘だと思うだろう？　だけど本当さ。俺は、バスタブの底に目をやって、自分の体から出た砂を一時間ぐらい見てたよ」

また、マイの家でコニーという女を買った時、コニーに、彼女は理解できない日本語で、「俺の見た娼婦で、一番若かったのは、ザイールのちっぽけな酒場にいた九歳の女の子だ。誰に貰ったのか、足首までもある赤いワンピースを着てた」と語りかけてもいる。

このような極端に規格外れの文無しの放浪者は、「王室の血を引く人間で、第十何番目かの王位継承権を持ち、内務省の高官でもあった」サンスーンとは好対照をなす。この格差や身分の落差を通して、人間らしさの根本的な構成要素とは何かを暗に問うのが、この小説の構造の一つであろう。

もう一つ、興味深い別の格差逆転のシークエンスがある。それは、サンスーンが、チラナンが書いた小説を横取りしてまで小説家になりすますというシークエンスである。出来上がった小説は「仏像の背中」というタイトルで、サンスーンは「気が向いたら読んでくれ。私の処女作であり、最後の作品だ」と、その日本語訳を恵子に渡す。

居間に行き、「仏像の背中」を取ると、恵子はスタンドランプをつけ、飾り棚の下のソファに坐って、表紙をめくった。小説は、チェンマイに近い農村の、夜明けの描写で始まっていた。十行も読まないうちに、恵子は、その喚起力の強い描写に驚いた。（略）

恵子が応じ返さないので、そのまま声は途絶えた。恵子は、いつサンスーンが寝室に移ったのかさえ気づかなかった。日本の原稿用紙に換算すれば四、五百枚の小説は、タイ北部の貧しい農村に生まれた少年が、見知らぬ男に引き取られ、バンコクに出て乞食をさせられながら成長していく過程を描いていた。一貫して、文章は平明だったが、その底に煮えたぎるような烈しさが漂い、登場人物の造形は陰影深かった。（略）

恵子が、サンスーンの書いた小説を読み終えたのは、バンコク特有の、夜明けの靄が運河や家々や、中庭の〈孔雀の木〉を白濁させ始めた時分だった。（略）恵子は、いっときも早く、自分がどんなにサンスーンの書いた小説に感動したかを伝えたくて、寝室を覗き込んだ。

しかしながらこの小説には、チラナンという真の作者がいたのである。このシークエンスが有効に機能するためには、いい小説が書けることについての才能の格差の存在が前提となる。身分は途方もなく高いが小説を書く才能については劣るサンスーンという存在の複雑な状況が、人間の価値とは何かについての問いを芸術の角度から示す。併せて、小説という言語芸術の価値についての問いをも持ち込む。

チラナンは次第に肺結核が重くなり、死期を悟ったのか自殺してしまうが、その前に大学時代の同級生で今は占い師をしている女にある手紙を託す。その宛先はサンスーンであった。

あなたが愛して下さった私の作家としての才能を、私は「仏像の背中」において、純粋に、そして厳粛な覚悟で書きあげました。この小説が、私が生きているあいだに完成したのは、ひとえにあなたのお陰です。あなたの励ましがなければ、私は二度と小説を書くことはなかったでしょう。この「仏像の背中」を、あなたは権威ある雑誌に発表して下さるだけでなく、出版もして下さると約束し、それによって、私にかけられた虚偽の嫌疑を完全に晴らそうと計画を練って下さいました。そのあなたの好意に対して、どんな感謝の言葉も虚ろです。

この手紙を恵子が女占い師から手に入れ、翻訳し、ようやく事の真相を理解する。また女占い師は、いくつかの気になる占い結果を恵子に告げる。その一つが、「あなたが恋をしている相手も、あなたに恋をしています。それもとても強く」。そしてその男と結婚し二人の息子を産むとのことである。この言葉を野口とのことと受け取った恵子は、今更ながらに野口に対する自らの恋心に気づく。そうして二人は、一夜だけマイの家で関係を持つ。

しかしながら恵子は、何もかも飲み込んだ上で、サンスーンとの結婚を選ぶ。このように、読者の物語の推移についての期待をはぐらかしつつ物語は進んでいく。これもまた物語作家としての宮本輝の、読者との見事な駆け引きの技術である。

## 二、タイ・バンコクの風土

旧知の野口と小堀が再会した「サイアムセンターに近い通りに面した食堂」で、小堀が調味料の説明をする場面がある。

「これは、プリックとナムプラを混ぜたやつだ。プリックてのは唐辛子、ナムプラは魚から作ったタイの醤油だよ。こっちはナムソム。酢だ。これがプリックポン。粉にした唐辛子。この白いのはわかるだろう?ナムターン。砂糖だ。日本の唐辛子とおんなじように考えてたらとんでもない目にあう。辛さが違う。徹底的に違うんだ。無理して食べて、胃痙攣を起こして病院へかつぎ込まれたイギリス人の若い記者がいるよ。（略）」

ここで象徴的に語られているのは、感覚の日本との決定的な差異である。バンコクの朝市についても、次のように違和を起点として紹介されている。

いったい、どれだけの数の店が出ているのかわからない。マンゴーやドリアン、それに鶏のとさかを丸めた形の、見たこともない小粒な果物が皿に盛られている。魚介類だけを売っている店もあれば、野菜だけを商う店もある。テントの代わりに、蛇の目の傘に似た大きな竹製の傘で日をさえぎり、パンを揚げている女たちが声を掛け合い、買物に訪れたタイ人の老婆は、パトゥンをまとって背に大きな籠をかつぎ、毛のむしられた鶏を片手に、惣菜屋を覗き込んでいる。赤ん坊の泣き声。物売りの男の、客を呼ぶ単調な節廻し。夥しい足音と話し声。それらは、雲のない午前の烈日にあぶられて、野口の耳の奥で金属音を作った。

このとおり、かなりの騒々しさと汚らしさである。「食べ物の腐った臭いと尿の臭気が鼻をつ」くとも書かれている。

しかし、この活気と雰囲気は、日本人にも、ある懐かしさを感じさせるかもしれない。かつて日本にもあった雰囲気だからである。日本もかつては、確実にアジアだった。ここにも、先に見たような、似ているからこそ嫌悪されるような同族嫌悪の気分が認められよう。

野口が見る風景は、以下のように描写されている。

彼は、エメラルド寺院を覆う色ガラスをまぶしく見つめ、本堂の壁画ラーマヤナ物語を丹念に目で追い、ワット・ポーの巨大な涅槃仏像の近くを行ったり来たりし、ワット・スタットの大ブランコの前でたたずんだ。すると、自分のあらゆる出発点に、世界放浪という贅沢な時間と労力を費やしたことが、じつに馬鹿げたお遊びと徒労とに感じられたのである。

このような土地の空気は、日本人である野口には違和感をもたらす源泉であるかのようであるが、それらが日本人にも馴染みの深い仏教寺院であることが、感覚をやや複雑にするのである。

バンコクの観光地については、「タイ国政府観光庁公式サイト」(https://www.thailandtravel.or.jp/、二〇一九年三月二五日閲覧)に以下のような紹介がある。まず、王宮周辺についてである。

壮大な寺院建築の数々をめぐる［プラナコーン／トンブリー］

王宮周辺には、仏教寺院の壮大な建築物の数々が建ち並びます。タイで最も格式が高く、エメラルドの仏像が本尊の寺院ワット・プラケオ、巨大な涅槃像に加えタイマッサージの総本山としても有名なワット・ポー、三島由紀夫の小説「暁の寺」に描かれ、チャオプラヤーの川辺に端整な面持ちで佇むワット・アルン。その規模、細部にまで凝らされた意匠の芸術性、由緒ある歴史とどこをとっても素晴らしいものばかり。タイの人々の仏教の教えに対する思いを感じ取ることができます。（略）

タイの文化と歴史を学び、芸術に触れる［プラナコーン］

王宮ならびに王宮前広場周辺は、タイを代表する文化・芸術スポット。東南アジアで最大級、タイの歴史を美術品や考古学的資料などから学ぶことができる国立博物館、タイの伝統的な絵画から現代アートまでが常設展示されている国立美術館、タイ伝統舞踊を見ることができる国立劇場など、一日で廻りきれないほどの施設群が集積しています。またこの付近は、タマサート大学、シラパコーン大学、国立舞踊学校などが建ち並び、終日学生たちで賑わう地域でもあります。

恵子にしたところで、実はこの土地に十二分に馴染んでいるわけではない。ただ、気に入ったものも存在する。この土地のシルクがその代表的な例である。タイ・シルクについては、「謎のアメリカ人、ジム・トンプソンか」と、その創業者の経歴を記述するという形で詳しく紹介される。

ここで興味深いのは、この男の波瀾万丈の経歴の紹介の後に、以下のような挿話が、単発的に挿入されている点である。

「ニューヨークに、ジム・トンプソン事件を小説にしようと考えてる男がいてね、そいつから聞いたんだ。でも、やめたそうだ」

「どうして?」

野口は再び微笑んだが、それには答えず、（略）

このように、読者にやや気を持たせたままで、挿話は途切れる。やや深読みすれば、ここにも、サンスーンの小説盗作の物語の重要性が暗示されているようである。

さて、他にもこの土地の紹介は様々な形で行われている。ある時野口は、テアンに、汚してしまったスニーカーの弁償をするために、二人で王宮広場に向かう。その経路は以下のように描写される。

ワット・インドラの尖塔を左手に見ながら、タクシーはチャクラポン通りを南へ下った。エメラルド寺院は、野口が四、五日前に見たときよりも澄んだ色彩でそびえていた。（略）野口とテアンは、通称、週末広場と呼ばれる広大なプラーメン広場の、王宮に近いところでタクシーを降り、チャオプラヤ河の岸辺に群立する宮殿群の白い城壁を見やった。

その後、テアンと船着き場まで一緒に行ったが、テアンが船に乗らなかったので、野口も船から降りてテアンを尾行することにする。

野口はタクシーに乗ると、運転手の肩を叩いた。テアンが乗ったタクシーは、ラジェダムナン通りに入り、民主記念碑が真ん中にそびえる交差点を渡り、次の大通りを右折してラマ一世通りに曲がった。サイアムセンターを過ぎ、通りの名がスクムヴィト通りと名を変えたあたりに差しかかると、野口はいやな予感に襲われた。

このややサスペンスめいた追跡の場面は、タイの雑踏を背景に、読者に強い喚起力を以て興味の持続を迫るであろう。

また、場所はやや離れるが水上マーケットにも出かけている。

「着きましたよ。ダムナーンサドゥックの水上マーケットです」（略）
「そうです。ラマ四世時代に作られた運河ですが、蜘蛛の巣のような運河を一本に伸ばせば、長さ三十五キロにもなります。バンコクの水上マーケットは、あまりにも観光化されて本来の機能を失いましたので、政府が、ここを開発して水上マーケットにしました」

ここについても、同じ「タイ国政府観光庁公式サイト」に「ダムヌン・サドゥアック水上マーケット Damnoen Saduak Floating Market」として次のように書かれている。

バンコクから南西約80㎞のところに位置する文化保存と観光用に開発された水上マーケット。新鮮なフルーツや野菜、肉、魚介類などを山積みにした小舟が運河を所狭しと行き交い、景気のいい売り声が飛び交っています。早起きして午前9時頃までに見学したいものです。

わざわざ物語の一部にこの場所への訪問を差し込むことで、我々読者は、ストーリーの展開にしたがって、同時に観光案内の楽しみをも享受することになるのである。

## 三、同性愛と嫉妬の構造

この小説には、永遠に大人にならないようなテアン、恵子の写真を盗み撮りしたロバート・ギルビー、ギルビーのカメラに収められていたサンスーンの腹心の部下エカチャイ・ボーウォンモンコンとチラナンの肉体関係など、いくつかの男性同士の関係が書かれている。サンスーンを崇拝するエカチャイの造型にも、その空気が漂っている。

このような男性同士の関係と裏腹の関係で執拗に描かれるのが、男性同士の嫉妬の感情である。それは、必ずしも女を巡ってのものとは限らない。むしろ男の嫉妬で醜いのは、その権力闘争の場でのものと思われる。例えばサンスーンは、二人きりになった場で野口に次のように述べる。

「私は、人間の嫉妬について、一般的な概念しか持ちあわせてはいませんでした」(略)
「自分よりも優れたものに対する嫉妬、他人の成功や幸福に対する嫉妬、男と女の愛情に絡んだ嫉妬。つまり、その程度の嫉妬以外、私は知らなかった。しかし、人間の心とは、そんな浅いものではない。(略)」

小堀もまた野口に次のように語る。

「すべては嫉妬から始まって、嫉妬に振り廻され、これからその始末に四苦八苦するってことだな。俺は、最初はイアムサマーツを小物だと思ってたけど、ただの小物じゃなさそうだ。ひょっとしたら、途轍もない大物かもしれねェぜ。（略）」

これは、チラナンの才能へのサンスーンの嫉妬から、自分の作品にしてしまったことについての意見なので、功名願望の奥底にある、優れた才能への嫉妬と一旦は考えることができるが、この小説の全体像の中では、さらに大きな「嫉妬」なるものの意味合いが探られていたようである。

それは、人間がどれだけ身分が高くとも、またどれだけ気持が純粋であっても、「嫉妬」という性《さが》からは逃げられないという、人間の本質論に関わる意味合いである。

『嫉妬をとめられない人』（小学館、二〇一五年一〇月、小学館新書）の著者片田珠美は、同書の中で次のような言葉を紹介している。

17世紀のフランスの名門貴族、ラ・ロシュフーコーは辛辣な人間観察の書『箴言集』において、羨望が「他人の幸福が我慢できないときに生じる怒り」だとすれば、嫉妬は「我々が所有している幸福、もしくは所有しているように思い込んでいる幸福を守ろうとする」ために生じるものと言っている。

岩波文庫の『箴言と考察』（ラ・ロシュフコオ著、内藤濯訳、岩波書店、一九四八年一〇月、一九五九年一月改版）の「箴言」の「二八」には、以下のように書かれている。

嫉妬は、われわれのものであるか、あるいはわれわれが自分のものだと思っている或る一つの財産を保存することだけに目をつけているので、或る意味では正しくもあり、道理にかなったものでもある。ところで羨望は、他人の財産をだまって見ていることのできない激烈な情熱だ。

これらにおいて問題となるのは、所有という概念と、財産というものの範疇である。例えば恋人や妻や夫という存在にこれを当てはめることが可能なのかということと、さらには小説を書く才能などが、これらに当たるかどうかについては、深い考察が必要であろう。

詫摩武俊は『嫉妬の心理学』（光文社、一九七五年四月、KAPPA BOOKS）の「プロローグ—嫉妬とは何か」において、次のように解説している。

嫉妬に類似した感情に「羨望」がある。「羨望」とは、他人の様子なり、状態なりを見て、そのようにありたいと思うことである。（略）地位、資産、容貌、能力、健康などすべての点で恵まれた人の華麗な活躍ぶりを見ている人の胸に宿る、嘆息のまじった感情である。その意味で、「羨望」という感情は静的である。それに対し、嫉妬は動的で、攻撃的な感情である。諦めようとして諦めきれず、執着が残り、相手に対して憎しみを持ったところに発生するのが嫉妬である。だから、嫉妬は、憎しみの感情から分化したものである。

憎しみは、しばしば強い破壊力となって爆発する。したがって、嫉妬が非常に強いと、高い教育を受けた知識人も、平生のその人を知っている人がみると、理解することのできないような行動に走ることさえある。犯罪はそのひとつの例である。

先に見たラ・ロシュフーコーは、嫉妬より羨望の方が「激烈な情熱」であると書いていた。一方、詫摩武俊は、羨望は「静的」であるが、嫉妬は「動的」であり、「憎しみの感情から分化したもの」であると書いていた。もちろん翻訳の問題もあろうが、嫉妬と羨望とは、どのような関係を持つのであろうか。

岸田秀は、『嫉妬の時代』（飛鳥新社、一九八七年七月、なお引用は、「岸田秀コレクション」青土社、一九九五年三月、の本文に拠った）の「嫉妬とは何か」の章において、質疑応答の形で以下のように語っている。

Q　そうすると、嫉妬と羨望はどう違うのですか。

A　一般的には、嫉妬は自分の所有するものを第三者に奪い取られたとき、または奪い取られそうになったとき、または奪い取られたのではないかと疑われるときの感情、羨望は自分の欲しいものを第三者が所有しているときの感情とされていて、嫉妬と羨望は区別されているようです。（略）しかしぼくは、嫉妬と羨望とは本質的には変わりないと考えています。（略）ただ、客観的な所有、非所有を規準にして、嫉妬と羨望とを区別することはできます。（略）そのような客観的区別は可能ですが、ぼくの言いたいことは、当人が体験する主観的感情として嫉妬と羨望は本質的区別がないということです。第三者へのそのウジウジした無力な憎しみにおいて、自分だけが全世界から拒否されているようなその絶望感において、第三者の所有に帰した対象を破壊したいという強烈な願望において。

サンスーンに代表される、嫉妬する人は、金や地位などと、恋人や名声、才能などとを、所有を前提に類比的に捉えてしまうのであろう。しかし、そのように単純なものでないことはいうまでもない。考え方が相違する人物間において齟齬が生じ、やがて悲劇に発展する。「愉楽の園」もまた、嫉妬という感情の持つ、齟齬から悲劇への展開を内包する物語といえよう。ただし、小堀が野口に述べた言葉にあるとおり、サンスーンはそれだけの人物ではないようである。

荻野恒一は『嫉妬の構造』（紀伊國屋書店、一九八三年四月）にジェラシーの語源を紹介している。

英仏語の嫉妬（jealousy, jalousie）は、ギリシャ神話の神ゼーロスから派生した言葉である。（略）ギリシャ語のゼーロスは、この神話にふさわしく、沸騰、熱気、熱中、熱情、競争心、さらには嫉妬的情念と、多義的な内容に由来するが、（略）ゼーロスの最初の意味内容は、むしろ沸騰、熱気であり、ついでゼーロスの神話から競争心をも含むようになったようである。したがって今日の英仏語の嫉妬も、競争心から派生している。

ここに、より本質的な人間らしさとしての競争心なるものが、上位概念として提示されている。作中で小堀が言うように、サンスーンが「小物」ではなく、ひょっとすると「途轍もなく大物」かもしれないという判断も、嫉妬の具体的な行動の側面だけではなく、このような本質的な競争心の次元についての目配りから判断されたものなのではないか。

小説を書く才能の優劣や、同じ人間である恋人や妻や夫を所有することなどという論点は、嫉妬や羨望という概念を媒介として、人間のより深い業とも見える、本来的な競争心をあぶり出すための視角であったのかもしれない。

この小説の他にも、宮本輝の小説には、嫉妬について書かれたものが多い。この極めて人間的な感情は、小説の道具立てとしても、読者の心を揺らす、実に効果的な機能を持つものであることは、間違いないようである。

# 第一三章　「海岸列車」

―城崎／鎧・山陰本線の空気―

## 一、夫婦・親子・兄弟・友人、人間関係の不確かさ

「海岸列車」は『毎日新聞』に一九八八年一月三日から一九八九年二月一九日まで連載されたもので、一九八九年九月には、毎日新聞社から刊行されている。連載中の一九八九年一月七日に昭和天皇が崩御し、翌一月八日から平成に改元された。今から思えばこの歴史的転換点に書き継がれた小説である。当時はインターネットが産声を上げたばかりで、一般化まではほど遠く、天皇の病状を毎日のように伝えるのが新聞の大きな役割であった。この小説はそれらの記事と同じ紙面に連載されていたということになる。

この小説には、宮本輝の人間観や、それに伴う倫理観が、ふんだんに盛り込まれている。これについて、単行本の「あとがき」には次のように書かれている。

「海岸列車」は、つまりは、この〝人間の依りどころ〟について考えてみようと試みた小説である。

この言葉を、連載時の時代背景と重ね合わせてみると、実に興味深い。

物語は、手塚夏彦と手塚かおりという兄妹を中心に展開する。かおりは、伯父手塚民平の死によって、二五歳の若さで、モス・クラブという会員制の文化倶楽部の会長職を引き継ぐことになる。このモス・クラブの経営の苦労が、中心的なシークエンスの一つである。最初は頼りなかったかおりが、敵味方のやり取りの中で、会長として成長していく、いわばビルドゥングス・ロマンとも読める設定である。この成長物語に大きく手を貸すのが、戸倉陸離という弁護士で、かおりはこの男に好意を寄せている。しかし、中国への旅行の途次、男の部屋まで行きながら、口づけだけで「流れ解散」となる。この設定についても、「あとがき」に、次のように解説されている。

もうひとつの作者の〝つもり〟は、昨今の男女の、下半身のだらしなさに対して、少々腹を立ててみたいという点だった。（略）

私にとって、作中で、戸倉とかおりに肉体の関係を結ばせることなど、朝めし前のやり口である。小説は、そのほうがらくに書ける。しかし、真剣に生きているまっとうな妻子ある男が、そう簡単に、まっとうな若い娘と深い関係を結ぶわけにはいかない。

私は決して道徳論者でもなく倫理主義者でもない。だが、人間には〝幾つかの大切な振る舞い〟があると考えているにすぎない。だから、〝人間の依りどころ〟と〝振る舞い〟をレールとして、「海岸列車」を最後まで走りつづけさせることになった。

ここにこの小説の倫理的なスタンスが明らかにされている。それまでの宮本輝の作品においても、「だらしなさ」を持つ男女が描かれてきた。今回の戸倉の造型はやや特異と言える。

かおりは、一九歳の時に三五歳の妻子ある男と関係を持ったことがあり、このことがずっと心にわだかまりとして残っている。

一方、二八歳の夏彦には、四〇歳の澄子という恋人がいる。澄子にはニューヨークのティファニーで三二〇万円もする時計を買ってもらったことがある。澄子に限らず、夏彦はずっと年上の女性にもてるところがあり、澄子を経済的にも頼っている。世間一般的に言えばいわゆる「ヒモ」的存在であるが、澄子はこれを否定する。澄子の夫は亡くなっているが、一五歳になる泉という娘があり、夏彦は泉とも友人のような関係を保っている。

かおりには今は恋人と呼べる存在はいないが、いずれにしてもこの兄妹の男女関係もまた、特異といえば特異なものであろう。

この兄妹は複雑な家庭環境の下に育った。母が父の家庭内暴力に耐えられずに幼い二人を残して他の妻子ある男と駆け落ちし、父はその後病死したので、伯父民平に引き取られて育てられた。それだけならまだしも、この伯父民平は、父と母が結婚する前、この母と結婚の約束をしていたというのである。

このようなさまざまな解釈が可能である実の母が、山陰の鎧にいるというおぼろげな情報を伯父から得た二人は、それぞれ別々に、何度かこの鎧の漁村を訪れたのであるが、あと少しの勇気が出ずに、これまでずっと会えずにいる。そのために、本当に母がそこにいるのかも不確かな鎧という小さな村は、二人の兄妹にとって、過剰に感情移入の強い場所となっている。

その後、物語は展開し、かおりは会長としてモス・クラブをしっかり引き受けることを「決意」し、また夏彦も、澄子と別れていったんは運送会社に就職した後、戸倉を介して知り合ったシュレーン財団の周長徳に従い、アフリカはケニアのナイロビで仕事をすることを「決意」する。このことを報告するためにも、と、二人は、今度は揃って意を決し、共に母と会うために、もう一度、この特別な場である鎧に向かう。これは、確かに物語のクライマックスを形成する場面であろう。

ところが、である。あれほど大きな「決意」の下、いざ会ってみると、母の態度や様子に、予想したものではないものを感じ、二人は大きな失望感を抱き、母とろくろく話をすることもなく逃げ帰ってしまうのである。この母と兄妹との関係に代表されるように、現実における人間関係は、理屈通りにいかない複雑なものである。むしろ小説の筋の方が、読者の思うように展開するものなのかもしれない。さらに言えば、現実における予想外の態度や失望感は、本来親しいはずの夫婦や親子、兄弟などの方がよけいに感じ取られる性質のものかもしれない。

例えば、両親に捨てられた兄妹を引き取り育ててくれた伯父について、夏彦はその死に際し以下のように考えている。

あの冷たい完全主義者、無償の行為を盾にして、俺を支配しようとした男……。夏彦は、しきりに浮かんでくる亡き伯父の風貌を心から払いのけ、息苦しいいましめから解き放たれた身軽さにひたって、何度も溜息をついた。

この感情は、ある意味では見当違いの逆恨みかもしれない。しかし、まったく理解できない感情でもない。この小説には、このようなやや複雑な、しかも現実にはありがちの関係が、次から次へと登場する。それは「運命」的なものを感じさせるものばかりである。とりわけ不可思議な因縁が、戸倉とニューヨーク留学時代を共にした、ビルマ人のボウ・ザワナと、アフリカ人のデダニ・カルンバがもたらす関係である。これは、めぐりめぐって、夏彦と周長徳を結びつけることになる。実にスケールの大きな関係性である。

人間関係は、当初よりある先験的なイメージを伴う。例えば、親子は血のつながりがあるのでやはり惹かれ合うものであるとか、自分の恋人を奪った男とその恋人の間にできた子供を引き受けるなどというのは、おそらく復讐心に拠るものか何か他に理由があるからであろうとか、組織において必ず派閥は対立し、いい部下と悪い部下ができるとか、などである。この小説は、このような「常識」を、ある時は踏襲し、ある時は打ち壊し、我々の価値観を揺さぶり続ける。先に少し触れた、クライマックスに書かれた兄妹と母との出会いの場面のすれ違いは、考えてみれば実に皮肉なものであろう。

列車は鎧駅に停まった。改札口のところに、茶色いコートを着た初老の女が立っていた。（略）

夏彦は、

「お母さんですね？」

と女に訊いた。

「大きくなって……。そりゃそうよね。夏彦はもうじき三十だし、かおりは二十六になったたし」

母は、きまりきった、しかし再会における最初の言葉としてはそれ以外にはないであろう言葉を、驚くほど滑らかに発して、夏彦とかおりを見つめた。（略）

「ことしは、暖かくなったら、どんなことをしても民平さんのお墓参りに行こうと思ってたの」

そう言ってから、母は、

「いままで、ごめんね」

と頭を下げた。（略）

なるほど、俺たちを伯父に預けて、他の男と一緒になっただけのことはあるよ。やっぱり品性下劣だ。この目の動き、虚勢以外の何物でもないこの落ち着きはらった物腰……。

夏彦は、改札口の屋根から落ちているしずくに視線を移し、早々に帰ってしまいたくなった。

「下の家をね、わざわざ留守にしてくれて、私たちがゆっくり逢えるようにって」（略）

「私、すぐに東京に帰らなきゃあいけないんです。急用が出来て……」

と言った。

「だから、次の上りの列車で帰ります。私、ちゃんと大きくなって、伯父さんの会社の跡を継いで、元気に暮らしてます。お母さんもお元気でね」

母は少し顔をしかめ、怪訝そうに夏彦を見た。そのとき、母は初めて、よるべない素顔をのぞかせた。

（略）

「ぼくは、もうすぐアフリカに行きます。二年ほど日本に帰れないと思います。一度、お母さんと逢っておきたかったから……。でも、ぼくも、きょう中に東京に帰らなきゃいけなくて」

夏彦は持参したみやげを母に渡した。（略）

「でも、まだ何にも話をしてないのに」
母は言った。さらに何か言おうとしたが、それきり黙り込んだ。（略）
「お元気で」
それだけ大声で言い、夏彦はかおりの手をつかみ坂道を駈けのぼった。

この場面は、母親にとっても、真に残酷なものと想像される。しかし、これまでの歳月について、いくら言葉を重ねて説明しても、お互いにすべてを分かり合えることはないことも予想される。人間関係とは、本来的に、説明不能性を持つものなのではなかろうか。言葉の力にその表現を頼る小説家にとって、説明不能性を描くには、特別の工夫が必要であろう。この小説の場合は、そのために、読者にはやや唐突で説明不足とも見える語りで、場面が構成されるのであろう。そこには、人間関係の説明不能な部分を、小説の説明不足に見える舌足らずな語りでなぞるという、内容と文体とを一致させる技術が用いられていたのである。

夏彦とかおりとの兄妹による、いわば「母殺し」の物語設定は、最も大きな読者の「期待の裏切り」であろう。これは、何も、二人が母と和解することが正しい、ということを意味するのではない。いったん設定される、我々の読書行為における道筋を、いい意味で裏切ることによって生じる、物語の魅力の源泉を意味する。そこには、内容とは別の論理が働いている。それは、小説を読み進めさせる推進力がもたらす、方法の論理である。この物語が、さらに強く読者を惹き続けるためには、たとえそれが悲劇となろうとも、「母殺し」は為されねばならなかったのである。

## 二、鎧という小さな場所の世界的拡がり、日本への思い

小説の冒頭に戻る。

第一章のタイトルは「無人駅」である。手塚かおりが鎧を訪れる場面から物語は始まる。

京都から山陰本線に乗り換え、亀岡を過ぎたころ、やっと少しまどろんだ。（略）霰は、豊岡の手前から雪に変わり、城崎に着いたときには、枯れた畑も民家の屋根も薄い雪に包まれていた。かおりは〈あさしお一号〉から降り、二十分後に大阪からやって来る急行列車を待ってベンチに坐った。その急行列車は、城崎から浜坂までの区間は各駅に停車するのである。（略）かおりの目的地は、城崎から鳥取のほうへ向かって五つめの駅の〈鎧〉である。そこは無人駅で、東西に低い山があり、北西に暗い口をあける日本海の小さな入江が切り込んでいる。南側にも低い山並がつづき、三十数戸の民家は、窮屈な山あいの隙間に、人間の気配をさせずに密集している。

ただしかおりも夏彦も、坂の上にある駅から少し離れたこの集落には、ほとんど立ち入ったことがない。

鎧は今も無人駅である。今は浜坂方面に向かって左側、すなわち山側のホームだけが電車の昇降用に用いられているが、地下道をとおって、かつて利用されていた海側のホームにも出ることができるようになっている。このホームから鎧湾が一望できるためであろう。作品の舞台は、一九八七年に国鉄が民営化されＪＲ西日本の駅となったばかりの時期の駅ということになる。

また、近くの余部鉄橋は、一九八六年一二月二八日に発生した鉄道落下事故でもよく知られている。日本海か

らの突風によって列車が転落し、下の工場を直撃し、車掌を入れて六名が死亡したこの事故後も使われ続けたが、二〇一〇年に現在の新橋梁に架け替えられた。旧橋梁は赤い鉄色の美しい橋梁として有名であり、一部が保存され、あたりは現在、空の駅という橋梁上に線路に沿って作られた展望施設で、隣接する餘部駅や事故慰霊碑とともに、さまざまの記念施設や道の駅も整備され、駐車場とともに自由広場や水辺公園、および散策路もある憩いの場となっている。この小説の連載時は、鉄道事故の少し後で、一九八八年一〇月二三日に事故慰霊碑が建てられているので、事故の記憶が特に生々しい時期であった。

関口礼太という、夏彦の友人で、戸倉担当の編集者でもある男が、戸倉と次のような会話を交わす場面がある。

「負けたよ、見事に。やっぱり、ぼくの大いなる錯覚でね、城崎から浜坂までは、トンネルと低い山ばっかりで、海なんて、ほんのちらっとしか見えやしない。米子まで行くつもりだったんだけど、餘部鉄橋を渡ってるうちに気が変わって、浜坂から、また城崎に引っ返した。それから、日本海に沿って金沢まで行って、三日ほど、北陸をうろうろして……」

夏彦はこの日が戸倉とは初対面であったが、鎧の話題が出たのでその偶然に少し驚き、改めて二人の会話に耳を傾ける。この話題は、実は重要な譬喩となっている。戸倉は次のように述懐する。

それは、城崎から浜坂までの日本海べりを走る列車がずっと海に沿っていたと、およそ二十年も抱きつづけていた己の錯覚についてであった。それは、経済的に豊かな国々に生きる人間たちすべての、毒の酒にたぶらかされて、暗闇を暗闇とは感じず、薄氷の上に構築された物質的繁栄と平和の脆い土台で踊り狂うさまに似ている。確かに、あの列車からは海が見えた。けれども、それは自分が目を醒ましたときだけで、眠っ

ているとき、低い山に挟まれたりトンネルの中を走ったりしていたのだ。(略)
日本と日本人は、もう随分前から、そのような錯覚の中にいる。その錯覚は、一個の小さな家庭にまで及び、少年たちや青年たちの精神を希薄にし、やがて彼等は、そのような状態のままおとなになっていく。

このような正面切っての日本論および日本人論は、この小説をやはり倫理的に見せている。夏彦の口をとおしても、日本論は展開される。次の言葉は、教育の側面から述べたものである。

きっと、自分たちの世代は、疲れ果てて社会へ出てしまったのだと夏彦は思った。何のための受験勉強だったのであろう。いい大学へ入るということが、まるで人生のすべての目的であるかの如き錯覚を与えられた。しかし、いい大学に合格した者たちの大半は、大きな傘の下での組織人となって、街の中で埋もれていく。小学校で疲れ果て、中学校で疲れ果て、高校でとどめの疲弊を得て大学に入ると、そこでやっと解放され、もう勉強なんかこりごりだという心持ちになっていく。
しかも、そんなにも自分の青春をすりへらして入学した大学は、適当に講義を受け、適当に単位さえ修得すれば卒業させてくれるのだ。みんな、馬鹿になって当たり前だ。柔軟な心の時代に、真に豊かなものに触れず、受験勉強に追い立てられ、やっと自由な時間を得たときには、ありとあらゆる快楽と怠惰が口をあけて待っている。この国の教育制度は、青年を愚かにするための巧妙な罠だ。

このような言葉が書き込まれることからは、若者によって支えられるべき未来の日本社会が、現状の若者によって占われていることが想像される。
この小説には、日本のあるべき姿という視点が、小説の設定を支える背景として見て取ることができるのである。

夏彦は次のようにも述べる。

「俺は、モス・クラブにいたころ、今後のモス・クラブのためにって伯父に命じられて、いろんな国に行かせてもらった。そうやって、外国を旅行する時間が増えると、日本人という民族を遠くから眺められる瞬間があるんだ。それは、そのつど、こっちの精神状態によって、見えるものが変わるんだけれど、どんなときにも共通してるのは、日本人の世界観の狭量さだ。異なった慣習とか異文化とのつきあい方において、日本人はたぶん世界で一番失礼な、礼儀を知らない民族だなァって思うんだよ。それはなにも、いま経済的に豊かだからじゃなく、大昔からずっとそうだったんじゃないかって思う。日本人は、日本という国でしか生きられない。別の国に住もうとすると、いつのまにかそれは侵略という形式を取ってしまう。それはつまり、異文化と共存する度量に欠けてるからだよ。だから、ヨーロッパやアメリカのあちこちに、日本のデパートを作り、日本人はみんなそこで買物をしたりする。でも、それは相手の国に対して、とても失礼なことなんだ。だって逆のことを考えてみろよ。東京にアメリカのデパートが進出して、日本に観光に来たアメリカ人が、みんなそこで買物をしたら、日本人は絶対に怒るはずだ。でも、日本人は、よその国で、失礼だとも何とも考えないで、それをやってるんだぜ」

この指摘は、我々の心にもぐさりと突き刺さるはずである。

夏彦は、戸倉も自分と同じく「いまの日本を恥かしく思っている」と考えている。夏彦が想像する戸倉と自分が腹を立てている内容とは、具体的に言葉にするならば、次のようなものであった。

おい、日本よ。そんなに何でも金で買えると思わないでくれ。この世界の中で、下品な成金の役割を演じないでくれ。もっと懐の深い視野に立ってくれ。ガリガリ亡者にならないでくれ。日本固有の精神を芯にして、世界のために何か役立つことを為してくれ。結果として、札びらで相手の顔を殴るはめになるようなことはやめてくれ。もっと、堂々としていてくれ。少し力を得ると傲慢になり、少し劣勢にたつと、ヤケをおこし、居丈高になるような、そんなチンピラみたいな真似はやめてくれ。俺たちの国は、古来から、礼節を重んじてきたはずではないのか。簡素さの中に美を見いだしてきたはずではなかったのか。頼むから、そんなチャラチャラと軽くならないでくれ……。

この内容もまた、作品の筋を超えて、読者に響くのではないか。

このような感想を日本に対して持つ二人は、いずれ劣らぬ国際人である。そもそもこの小説には、実に多くの国々や世界の都市が登場する。夏彦とかおりが、何か事があると帰っていきたく思う、鎧という、山陰の小さな集落のミクロの視点と、この世界中に広がるマクロの視点が、この小説の世界観の幅を示している。

夏彦と澄子は、バリ島での贅沢な長逗留の後、香港に戻り、今度は九龍の高級ホテルに滞在するが、そこで殺されかけるという恐怖を体験する。夏彦は帰国後別人になったようになり、澄子とも別れ、改めて働き始める。彼の造型上、ここに至るためにかなりの遠回りとしての国際的な場所移動が必要だったものと思われる。

ちなみに、香港は以下のように描写されている。

　ネイザン・ロードを、まっすぐ北へ歩いて行くうちに、左手に回教寺院に似た建物が見えてきた。九龍公園の手前にさしかかると、ネイザン・ロードからは、夥しいネオンが忽然と消え、右手のキャメロン・ロードとモディ・ロードに挟まれた一帯が、多少、下町っぽい表情を見せてきた。

一方、戸倉は、中国旅行の際、北京飯店に停まり、王府井大街界隈を散策し、東安門大街や前門のあたりも歩き、前門の有名な全聚徳烤鴨店で北京ダックをごちそうになり、流璃廠の文房具店「栄宝斎」で、妻享子の母に、墨と硯と筆を土産に買い、上海雑技をかおりと見に出かけている。二〇〇八年の北京オリンピックまでは、これとほぼ同様の風景が北京には見られた。

もともと戸倉は、ニューヨークで留学時代を暮らした人間であり、二人は誘われて、ケニアのナイロビの慈善事業にも関わろうとしている。ユーゴスラビアのベオグラードの思い出話もしている。

地球規模の発想が、日本論へと直結している。その意味でも、この小説は、宮本輝の思想的な部分を透けて見るにふさわしい作品といえよう。

その意味で、日本の原風景のような鎧という場所が選ばれたのであろう。

## 三、復讐・未練・決意、人間的なもの

最後に、この作品に底流する思想的部分に関わる要素のうち、より「人間的」なものについて、まとめておきたい。

まず、この小説には、いくつかの「復讐」が描かれている。かおりが、古くからの後援者である、今泉夫人から聞いた、次のような言葉が、その代表的なものである、

「民平さんが、夏彦さんとかおりさんを引き取って育てるってことを聞いたとき、主人がこう言ったの。『これは民平の復讐でもあり、勝利宣言でもあるんだな。それ見たことか。俺を裏切って、こともあろうに俺の弟と一緒になったあげくがこのざまだ。お前は、俺の弟からも逃げ出して、別の男と再婚するのか。い

い気味だ。ああ、俺がお前の子供をちゃんと育ててやるよ。俺と結婚してたら、きっとこうなってただろうっていう家庭を、俺はお前にとことん見せつけてやる……。民平らしい復讐だな』。主人が、民平さんのやることに非難めいた言葉を使ったのは、あとにも先にも、それだけね」

もしこの言葉が真実ならば、民平という人間の心に宿った「復讐」は、かなり厄介なものであることがわかる。いくら愛されても、これが根本にあるならば、夏彦もかおりもさすがにそれを感じ取り、心から打ち解けられないのではないか。

また、かおりが会長を継いだ時、会長職を狙っていた乾という大番頭と対立することになるが、戸倉の助言もあり、その策略を未然に防ぎ、また乾自体も病気を患って、自ら身を引くことになった際の言葉が、実に恐ろしい。

「あんたは、私に恥をかかせた。私の可愛がってる部下の何人かを馘にし、何人かを左遷し、私の顔をつぶし、大恥をかかせてくれた。私は必ず復讐しますよ。私を甘く見ないでもらいたい。恥をかかされたまま、すごすご引っ込んで死んじまうくらいなら、いまこの窓から飛び降りたほうがましだ。モス・クラブから給料や退職金が払われなくても、女房は生活には困らない。子供たちも、みんな親元から離れましたしね。七たび生まれ代わってという言葉がありますが、私があんたという小娘に復讐しようっていう執念は、それよりも深い。私の人生が、あと三カ月なのか一年なのかはわからんが、私は私に生き恥をかかせた小娘に、その何十倍ものお返しをして、この世からおさらばしますよ」

かおりはこの後、この言葉にしばらく怯え続けることになる。それにしても、往生際の悪い復讐宣言ではある。

もう一つの感情は、「未練」である。むしろ「未練」と決意の交代劇という方が正確かもしれない。かおりは、戸倉との感情を、最後まで扱いきれていない。「未練」と別れる決意との間で、最後まで揺れ動いている。かおりのモス・クラブの経営に関しても、夏彦を戻したいという「未練」と、自らの決意の間で揺れている。その他にもさまざまな揺れが見られる。

これもまた、人間関係がもたらす心埋の的確な表現なのかもしれない。すっきり決まるような感情など、嘘っぽいのである。そのことを、この小説は丁寧に教えてくれる。

前章で扱った「嫉妬」の感情といい、この章の感情といい、人間の生の心理は、描くに躊躇するような、直視したくないものが多い。多くの読者にとっても、心当たりがあり、また封じている感情かもしれない。小説であるがゆえに、やや余裕をもってこれに接することができるが、本来は、気づきたくない自らの醜い感情であるかもしれない。読者に忌避されるぎりぎりの地点で、このような感情が形を与えられ、読者に届けられている。この絶妙なる距離感は、宮本輝における心理表現の核心に位置するものかもしれない。

# 第一四章　「ここに地終わり　海始まる」

## ―ロカ岬・病気療養と希望―

## 一、一八年間という時間の空白と世界の見え方

「ここに地終わり　海始まる」は、『福島民友新聞』に一九九〇年三月五日から同年一一月一二日まで連載された他、『神奈川新聞』『徳島新聞』など、計一五の地方紙に連載された。その後、講談社から一九九一年一〇月に刊行された。

この小説は、六歳の時から一八年間という実に長い間、肺結核のためにずっと病院で暮らしてきた天野志穂子の、いわばこの現実世界へのリハビリテーションの物語として開始される。奇跡的に病から解放された原因について、志穂子は、ポルトガルのロカ岬から出された梶井克哉からの手紙のおかげだと考えている。梶井はかつて「サモワール」というコーラスグループにいた男で、同じグループの樋口由加とともに、この世界から逃げ出そうと、ヨーロッパに渡ったことがあった。その手紙は、宛名違いの手紙であった。志穂子がかつて入院していた北軽井沢の結核療養所に、ボランティアで歌いにきたことのある梶井は、そこで、江崎万里という患者に魅かれ、ヨーロッパで由加が香港の宝石商鄧健世という男と電撃的な恋に落ちたため、彼女と別れた後、ポルトガルのロカ岬を訪れ、万里に送ろうとして、看護婦から間違って教えられた天野志穂子に、この手紙を送ってしまったのであった。帰国して、再び療養所を訪れて、その間違いに気づいた後、梶井は改めて万里に近づき、万里の母の援助を受け、軽井沢でベジットというレストランを任されることになる。病み上がりの志穂子と、どうしようもなくいい加減な「モテ男」梶井を中心に物語は展開する。退院することができた志穂子は、梶井を捜しにヤマキ・プロダクションを訪ね、そこで、ダテコという人のいい女ともだちができる。彼女が気持ちを寄せている尾辻玄市という男が梶井の親友であることから、志穂子は玄市とも知り合い、彼からも好意を寄せられることになる。このような複雑な男女関係に、ヤマキ・プロダクションの矢巻と、万里の母という典型的な悪役が配され、さら

に志穂子の実に理想的な家族が配されて、物語は、志穂子のこの複雑な世界への順応の物語として展開する。それは、志穂子に求婚した梶井と尾辻のいずれを選ぶか、の物語でもある。

まず冒頭近くに、以下のような記述が見える。

　浦辺先生に言わせれば、とにかく、きみは六歳のときから十八年間も、静かな療養所で入院生活をつづけてきたので、きみの体内時計も、人生におけるカレンダーも、世間の動きとは大きなずれがあり、それは簡単には融合しないとのことだった。

ここで明らかなとおり、志穂子の造型は一般女性とは決定的に異なっている。彼女にとっては、あらゆることが文字通りほぼ「初体験」である。世界から隔離されて育った彼女の眼には、我々とは違う世界が見えているはずである。これは、我々普通の読者に対して、日常の「自動化」を知らせてくれる仕掛けとも見える。我々もまた、本来ならば驚いてもいいはずのこの世の不思議な出来事について、「慣れ」によって驚かなくなっていると考えられるからである。

主治医だった浦辺先生は、退院した志穂子に、次のように語る。

　「まず、歩くこと。それから、人間というやつに慣れること。もうひとつは、世の中の音ってやつに慣れる。音というより、騒音だね。志穂ちゃんが、この十八年間、耳にしたことのない気持ちの悪い音が、世の中には充満してるからね」

浦辺先生の言うように、おそらく我々は身の回りの音の大きさなどにも慣らされてしまっている。そうして、このような記述が時折挿入されることで、我々にはもう一つ別の次元で気づかされることがある。それは、この物語はよくある男女の三角関係の物語であろう、というような読書の慣習の存在についてである。小説を読む際、ごく早い段階、例えば登場人物が数人登場するだけで、我々は既にストーリーを予想し、組み立てる。読書はその確認と修正として継続される。予想されるストーリーの多くは、既読の小説などからもたらされ、まずその類型のヴァリエーションとして読み始められるのである。

音の話に戻ろう。例えば線路際の家の人にとって、電車の通過毎の爆音は、当初はどれだけ大きく聞こえようと、やがてさほど気にならなくなるようである。街の雑踏も、静かな場所から引っ越してきた当初は、さすがに五月蠅くも感じられるであろうが、毎日そこを通る人には、さほど騒音とも聞こえない。

作中で志穂子は、「電車の車輪がレールのつなぎめを通過する音、乗客の何人かのおしゃべり、車外から飛込んで来る宣伝カーの音、近くの男が貧乏ゆすりをして靴で床を打つ音……」などに神経を刺激されている。これは本来ならば我々も同様なはずであろうが、日常生活の中で、敢えてそれを感じ取ろうとはしなくなっている。これは、長い療養生活の中で、志穂子の五感が殊更に研ぎ澄まされたためと考えるより、むしろ、我々の感覚が鈍ったためと考えるべきであろう。志穂子は改札から出ると、「排気ガスの臭い」に呼吸を小さくさせられるし、いつの間にか「ひどく目が疲れてしまっている」ことも不思議に思っている。「建物のガラスやサッシも、通過ぎる車の車体にも、とにかくいたるところに反射物があって、それが志穂子の目に入ってくる」ことから、志穂子は目を疲らせ苦痛を感じているが、我々はこの反射物についてもあまり意識しない。志穂子と、作者である宮本輝だけが、特別に「慣れない」感性を持つのか、これらについて敏感な反応を示すのである。

志穂子はその後も、「初体験」を繰り返していく。タクシーに乗るのも初めて、伊達定子ことダテコという友だちができて、その家に泊まるのも初めて、ダテコが泊まりに来るのも初めて、ナイフとフォークで魚を食べる方法も知らないし、本物の海を見たのも初めて、当然尾辻に連れられた夜の海も初めてで、海の匂いを、「少し塩辛いような、生臭いにおいがした」と感じている。

一方父は、その「世間知らず」ぶりを「表面的にはそうかもしれない」としながらも、別の意味で「志穂子くらい世間を知ってる娘はいない」と思っていると述べていた。ここには、「初めての体験」とは何か、という問いかけが認められる。志穂子のように感じ取ることこそ「知る」ことならば、我々こそ「知らない」のかもしれないからである。

志穂子自身もこれについて悩むところもある。例えば尾辻と食事をした際にも、次のように話している。

「ええ、私、元気になっていってる気がするんです。でも、何もかも、私はこれからなんです。二十四にもなって、これから、何もかもを一から始めるんです。でも、じゃあいったい具体的に何をしたらいいのかって考えると、途方に暮れて……」

さらに、次のようにも自省している。

自分は、子供のまま二十四歳になったようなものだ。人並みの教育も受けていない。無理のきかない体で役立たずだ。何の取り得もなく、生活能力は皆無で、女としての魅力はひとかけらもない。（略）

私が、六歳から二十三歳までの入院生活で得たものは何だったのだろう。つまらない空想癖と消極性とがごっちゃになっただけの、存在感のない、人を楽しくさせない女……。

しかし、ここが出発点だからこそ、見えてくるものがあるということにもうすうす気づいている。尾辻が志穂子に愛を告白し、長い療養生活ののち志穂子に何が始まったのかと尋ねた際、志穂子は次のように答える。

「普通の生活が……。社会生活に慣れるためのリハビリテーションも。都会の騒音に慣れるための自己訓練とか、いままでやったこともなかった、家事とかお料理とか。でも、どれも、普通の人なら平気でやってることです。でも、私は普通の生活が出来るようになったことを、最高の幸福だと思ってるんです。私には、普通の生活が始まった……。私、そのことをどんなにありがたく思ってるかしれません」

これは、ロカ岬にある碑文にある「ここに地終わり　海始まる」という言葉と響き合う発言であろう。そしてそれがこの小説のタイトルに選ばれていることからもわかるとおり、おそらくこれが、この小説が描こうとした核心である。それは同時に、普通であることの良さに気づかなくなってしまった、我々への警鐘の言葉であるかもしれない。

我々はすぐにあらゆる意味において「自動化」する。芸術の存在価値は、この麻痺したかのような感覚を一瞬でも生き返らせることにあるというのが、ロシア・フォルマリストたちの述べた「異化」の概念である。我々にとっては「自動化」してしまった何気ない風景でも、十八年間も療養所で暮らした志穂子の目を通してみれば、正しく「異化」された世界であり、新鮮で刺激的なものである。

そしてその最大の「異化」が、志穂子の結末部の性の欲求にあると言ってもよいのかもしれない。それこそは、日常生活においては、禁忌として語られずにおくもので、極端に言えば、女性は欲望すら持ってはいけないという倫理的な解釈コードまで存在するかもしれない。

この小説は、この禁忌を打ち破るために、さまざまな仕掛けを用意してきた。その一つが嘘や内緒の魅力である。これについては三節で述べる。

しかし、それら以上に効果的な仕掛けこそは、人物造型の転覆にあったと言えよう。何度も強調して書かれるように、さほど美人でもない志穂子がとにかくもてること。梶井という自他ともに認めるインチキ男が志穂子に選ばれること。そして尾辻という底なしにいい男が振られること。これらはよく考えてみれば現実世界でもよく起こっている事象であろう。しかしそれが小説となると、むしろ強い倫理観が働くのか、読者には独特の解釈コードがその読みを縛る。この小説は、やや大袈裟に言えば、我々の読みの慣習なるものに真っ向から対抗したものと呼べるかもしれない。

## 二、ロカ岬の魅力

この小説には、もう一つ、他の小説と区別される魅力がある。それは、ポルトガルのロカ岬が、象徴的な場所として選ばれている点である。

タイトルの「ここに地終わり　海始まる」は、先にも述べたとおり、ロカ岬の石碑に彫られた言葉である。この碑文は、ポルトガルのルイス・ヴァス・デ・カモンイス（Luís Vaz de Camões、一五二四年または一五二五年～一五八〇年）というポルトガルの詩人の叙事詩の一節である（第三歌第二〇節）。この詩は、かつてのポルトガルの栄光の歴史を詠んだもので、『ウズ・ルジアダス』（一五七二年刊行。なおこの書については、『ウズ・ルジアダス』岩波書店、一九七八年一〇月、に収められた「解説」に拠った）という詩集に収められている。

梶井が間違って志穂子に送った、ロカ岬の写真を印刷した絵葉書には、次のように書かれていた。

――いまポルトガルのリスボンにいます。きのう、ロカ岬というところに行って来ました。ヨーロッパの最西端にあたる岬です。そこに石碑が建っていて、碑文が刻み込まれています。日本語に訳すと、〈ここに地終わり　海始まる〉という意味だそうです。大西洋からのものすごい風にあおられながら、断崖に立って眼下の荒れる海に見入り、北軽井沢の病院で見たあなたのことを思いました。あした、トルコのイスタンブールへ行きます。一日も早く病気に勝って下さい――。

この偽のラブレターに騙されて、志穂子は病気に打ち勝ったわけであるが、「ここに地終わり　海始まる」という言葉に内包された壮大な場面転換を示すような象徴的な意味合いを想定せざるを得ない。またこれを承けて、作中においても志穂子自身によるこの言葉の意味合いの解読がいくつか展開されている。

――ここに地終わり　海始まる――。

いったい、いつ、誰が、ロカ岬の石碑にこの言葉を刻んだのだろう。まだ地球が平面体だと信じられていたころのことなのだろうか。それとも、地球が円形であることを承知のうえで書かれたのだろうか。いずれにしても、その短い文章は、志穂子にとっては、大きくて神秘的で希望に支えられていて、終わりも始まりもない、自由自在な世界の扉をあける合言葉みたいに感じられるのだった。

この「合言葉」という考え方は示唆的であろう。志穂子はずっと不自由な療養所生活をしていたが、ただ物理的な意味においてだけではなく、心理的にも自分の不自由な考え方に縛られてきたはずである。この「合言葉」を通じて、志穂子は正しく「自由自在な世界の扉」を開けようとしたものと思われる。それは男女間のもどかしいような気持ちの不自由さと、その操作の希望をも示しているのかもしれない。そう考えてみると、この小説の本質が見えてくるように思える。

一方、梶井は、自らが訪れたロカ岬について、次のように考えている。

すさまじい風が、小さな雨を梶井の全身に突き立てるかのようだった。彼は、そのとき、何かが終わって何かが始まるということの、途方もない歓びに打たれている心持ちにひたって、全身で雨を受けつづけた。

これもかなり象徴的な言葉である。

――ここに地終わり　海始まる――。自分は、すさまじい風と波のロカ岬にたたずんで、終わりと始まりとが、いつもひとつになって自分たちの前に存在していると感じた。人間は、年齢や状況にかかわりなく、つねに〈途上〉にある。生まれたての人間も、死にかけている人間も、結局は〈途上〉にあると感じたのだった。

これは、梶井から見たこの小説のテーマであるとも考えられる。梶井は小説という構造物から見れば、思ったよりも悪い登場人物ではないのかもしれない。彼は、「途上」を実践しているような男だからである。樋口由加もまた同様であるといえよう。

作品の末尾に近いところで、志穂子は梶井とともに越前岬を訪れる。ここもまた波の激しい断崖絶壁の岬である。ロカ岬に見立てられたこの岬は、彼らの象徴がポルトガルから日本に持ち込まれたことを示すのであろう。

## 三、嘘、内緒、インチキと、真情と誠実

この小説にはもう一つ特筆すべき特徴が見られる。それは、嘘や内緒事と、それに翻弄される人間の姿が実に数多く描かれている点である。志穂子に届いた梶井の偽のラブレターである絵葉書がその最大のものであることは言うまでもない。梶井はこの手紙が間違いで志穂子に届いたことをさらに嘘でごまかそうとする。

「あれは嘘だったって、梶井さんは私に言ってるの」

「嘘？　何が嘘なの？」

「相手を間違えたってことは嘘で、ほんとは、あの絵葉書は私に出したんですって」

「梶井さんがそう言ったの？」

母の問いに、志穂子は無言でうなずき返し、やはり梶井とのことは内緒にしておけばよかったと後悔した。


ここで嘘と内緒とが複雑に絡み合っている。

ここで事をより複雑化させるのは、嘘が必ずしも相手を不幸にしないという事実である。志穂子は自分にラブレターまがいの絵葉書が届いたことで病巣が退いたと考えている。これは確かに起こりうる奇跡である。もしそうだとすれば、梶井がその嘘を認め真実を語ったところで、志穂子にとってはそれが幸か不幸かは判定しにくいということになる。

同じような嘘や内緒事が他にも見られる。


志穂子は、梶井と、偶然に赤坂で逢ったことをダテコに話そうかどうか迷った。迷ったあげく、しばらく内緒にしておこうと決めた。

また、母にも内緒事はある。


「日記をつけてるの？　毎日？」

「誰にもいっちゃ駄目よ。お父さんにも内緒なんだから」

また、梶井と食事をした際に、尾辻に誘われて金沢にダテコとともに旅行する話をした場面は、次のように書かれている。ただしここで志穂子は、実は尾辻から誘われたことは隠している。

私、これでちゃんとうぬぼれてる……。志穂子はそう思い、嘘を交じえてしまった自分を、なんと身の程知らずな女だろうと考えた。

でも、これって、本能みたいなものね……。志穂子は、わざと悪ぶっているのか、それとも本心なのか、自分でも分析出来かねる思いを胸の中でつぶやき、（略）梶井と真正面に向き合うことを避けた。

また、尾辻とのことを聞かれた志穂了の表情について、梶井は次のように見ている。

しかし、そう答えた志穂子の視線が、微妙に揺れたのを、梶井は見逃さなかった。志穂子は思慮深く、自分の感情を押し殺せる女だから、あるいは何もかもを尾辻から聞いたくせに、知らんふりをしているのかもしれないと考えてしまった。

さらに梶井に対しても志穂子は次のように言う。

「でも、私は、梶井さんは嘘をついてらっしゃるような気がするんです。ご自分のための嘘じゃなくて、この私のための嘘を」

この言葉を聞いて梶井は、罪悪感を感じつつも「逆の残忍な衝動」、つまりあの絵葉書が万里に宛てたものだったと告白したくなっている。

このように、嘘や内緒は多くの場合、かけひきとして用いられている。騙し騙され合うことの楽しみがその機能の重要なポイントである。しかしながら、やはり嘘はいけない、内緒はいけないという拭い去りがたい罪悪の感覚が、おそらく読者にも働き、この小説の性格を特徴づけているようである。

志穂子もこのことには自覚的で、「自分の最初の友だちであるダテコに、梶井とのことを隠している自分を責めた」「海辺で転んでずぶ濡れになった私を、ダテコはきっと憎むだろう。だって、ダテコは女だから、私のお芝居を見抜くだろう」などという表現も見られる。それでも、この小説においては概ね、嘘や内緒が肯定的に扱われる点が、他と区別される特徴と見える。

その最大の結果が、志穂子が真情と誠実のかたまりのような存在である尾辻の求婚を退け、軽薄でインチキな人間として描き続けられてきた梶井との、結婚を前提としない性行為を行うことで作品が締め括られる点にある。そしてその理由は、志穂子が十八年間もの療養所暮らしを経て、二十四になって初めて世間に出たという、特異な生い立ちの設定と響き合うこととなる。

たしかに、志穂子にとって、尾辻玄市は、非の打ちどころのない男性だった。彼の優しさや正直さ、そして大きさを、志穂子は、類のない美点と感じたし、単なる好意以上のものを抱いてもいた。にもかかわらず、志穂子のなかでは、梶井の嘘や弱さを包んでしまいたい衝動が絶えず火花を散らし、それはついには、明確な恋心となって、志穂子の心に居座ってしまったのである。

これが、志穂子が尾辻と梶井に対する判断である。しかしながらこれは、なんとも非合理的な説明と言わざるを得ない。納得しがたい、というのではない。感覚的には実にわかるのだが、ただ、そのようになる論理的な筋道が見えにくいのである。もちろんこれが、人が人を好きになるという場面において多く見られる現象であることも確かである。

これは、あるいは我々常識的な感覚で日常生活を送っている人間への作者からのメッセージかもしれない。誠実に、真面目に、その選択をして、本当によいのか、と。嘘や内緒だらけながら、本能的に魅かれる、悪い方が、本当は好きなのではないか、と。

例えばダテコは、尾辻と夜の海に出かけるという志穂子に、次のように言う。

「ねェ、私のことなんか気にしないで、行って来たら？　また生まれて初めての体験が出来るわよ。夜の海辺に行くのは、生まれて初めてでしょう？　いいなァ、志穂子には、たくさん、生まれて初めてのことがあって……。私なんか、二十二歳で、もうすれっからしだわ」

この「すれっからし」というのは、暗に我々常識的に生きる人々への皮肉なのかもしれない。

――彼女のことを考えてみろよ。六歳から二十三歳まで、十八年間も病気で療養所にいたんだぞ。そんな彼女が、少しくらい、自分のしたいことをして何が悪い――。

すべてはこの梶井の言葉に帰っていく。梶井はこの点については、志穂子の一番の理解者であろう。そう見れば、梶井のいい加減な人生の渡り方も、肯定的に捉えることが出来るようになるかもしれない。彼もまた、常識なるものを敵としていたのかもしれない。

最後に梶井と初めて結ばれる場面において、志穂子は次のように描かれている。

梶井が近づいてきたとき、志穂子の目に涙が溢れた。哀しいのでも恐ろしいのでもなかった。〈ここに地終わり　海始まる〉という言葉が、胸一杯に拡がり、なぜか自分は絶対に幸福になれるという思いに満たされたのだった。

この志穂子の気持ちは、通常の感覚で日常を生きているかぎり、理解不可能なのであろう。志穂子という特別な時間の過ごし方をした人間のような、「自動化」していない感覚の持ち主にしか、今ここで起ころうとしていることについて、このような感情を持つことはできないのであろう。それは、自らの体験した壮大な回り道の時間を一気に取り戻してくれるような行為かもしれない。そしてそうだからこそ、志穂子がこの時持った「自分は絶対に幸福になれるという思い」もまた、志穂子にとっては確かなものであっても、読者にとっては、必ずしも絶対的なものではないということにもなる。志穂子とは、読者の「自動化」した考えを常に相対化する存在であり、そのために、絶対的な像を結ぶことを徹底的に拒む存在でもある。一見すると幸福な終わり方に見えるこの志穂子の涙もまた、この小説の「異化」の性格を示すものと考えられるのである。

この点については、単行本の「あとがき」の冒頭において、宮本輝が念押しの如く次のように書いている。

幸福という料理は、不幸という俎板の上で調理されるものなのだと、私はいつも思っています。（略）はたして、彼女が幸福になったのかどうかは分明ではありません。

なぜなら、私は彼女を〈過程〉、もしくは〈途上〉で置き去りにして筆を擱いたからです。幸福を願いつつ、小説の幕をおろしました。

我々現実を生きている人間は、すべて「途上」または「過程」に生きている。しかし小説の登場人物に対しては、我々は、往々にして完結した人物像を求めすぎているのかもしれないのである。

# 第一五章　「彗星物語」

## ―伊丹・留学生を含む家族とビーグル犬―

## 一、大家族物語──揉め事から解決という物語公式

この小説を読み始めた読者は、しばらくの間、登場人物たちの引き起こす揉め事の連続に、息苦しささえ感じるであろう。

この小説は、城田家という一家の大家族物語である。視点人物は、最初は城田家の母敦子であるが、概ね末っ子の恭太が主人公と目される。第四章に、恭太のアルバム帳が紹介されているが、恭太の誕生を扱う一ページ目には「雄吉叔父、その時刻に彗星を見る」と書かれている。このエピソードからも恭太の重要性は明らかである。敦子の家は次のように描写されている。

昆陽池から天神川を渡り、曲がりくねった細い道を北へ行くと、古い農家がまだ残っている。実際には、田圃や畑は、マンションとか借家とか駐車場に変わったのだが、敦子の家の周辺には、農村の旧家といったたたずまいの家々が並んでいるのだった。

敦子の家は、大阪と神戸の中間に位置する伊丹市の北側にあって、そこからさらに北へ五分ほど歩けば宝塚市だった。（略）

「これで、城田家は何人になんの？」

そう訊かれて、敦子は、とっさに正確な数字が出てこず、頭の中であらためて計算した。舅、夫、私、子供が四人、それに夫の妹とその子供が四人、そして、もうまもなく、ハンガリーから留学生が到着するから、えーと……。敦子は指を折ってかぞえ、

「十三人と一匹やね」

と答えた。

これだけの大家族は、日本の農村でももはや少ない。

「彗星物語」は、『家の光』に一九八九年一月から一九九二年一月まで連載された。その後、一九九二年五月には、角川書店から刊行されている。

二瓶浩明の『宮本輝書誌』（和泉書院、一九九二年七月）の「年譜」によれば、一九八四年春に、セルダヘーイ・イシュトヴァーンが来日し、宮本輝家に家族として生活するようになり、一九八七年三月に神戸大学大学院修士課程を終えて、ハンガリーへの帰国の途についたということなので、これを作中のハンガリーからの留学生ポラーニ・ボラージュのモデルとするならば、作中時間は、一九八四年春から一九八七年春の三年間とすることができよう。この昭和最末期の時代においても、このような大家族はもはや貴重な存在であった。なお、イシュトヴァーンが神戸大学大学院文学研究科修士課程に進んだのは翌年の一九八五年四月からである。

さて、宮本輝が伊丹市在住であることを知る読者も多いことであろう。このことに象徴されるように、この小説は、宮本輝の生活をモデルとして構成された部分が多い。ハンガリーからの留学生しかり、ビーグル犬という飼い犬しかり。しかしながら、家族構成は全く異なっている。この、当時においても既にもの珍しかった大家族というものを描くことが、この小説の　つの目的であることは容易に推察できる。

作中には、大家族に降りかかるごく日常的な問題として、例えば部屋割りや食事とトイレの順番などについて執拗に描かれているが、ここには家族という単位に対する個人の相対的価値が問われているものと考えられる。一つの部屋を二人以上で使うことなど、或る時代までは当然のことであったが、個人主義の徹底からか、このことは家の経済状態の指標のように用いられることも増えたようである。

プライヴァシーという言葉が家族間でも用いられるようになって久しい。このことは、電話によるコミュニケーションの変化によって象徴的に示されるであろう。この小説は一九八九年すなわち平成元年に連載が始められているが、平成後期から令和の現代に至っては、家族間でも電子メールやSNSによるコミュニケーションが主たるものになっている場合まである。

城田家が取り戻そうとしているのは、このような行き過ぎた個人主義の時代の前の家族関係ではなかろうか。そこには、娘を殴る親父がいて、自分たちを捨てた父親に反抗し一時不良グループに入る息子がいる。昭和二〇年代から三〇年代にかけての小津安二郎などの映画や、向田邦子に代表される昭和四〇年代のホームドラマを見ているかのように思われる場面も多い。

さて、その揉め事は以下のようなものである。父晋太郎が商売に失敗し、かつては〈木犀屋敷〉と呼ばれた広大な敷地の三分の二を手放し、負債の返済に充てたことから生じるさまざまな問題がまずその一つである。家が狭くなったために、大家族はお互いにその居場所について遠慮がちに生活せざるを得なくなる。次女の十八歳になる紀代美は、経済的な理由から大学進学をあきらめて勤め始める。ハンガリーからの留学生に部屋を与えるために、二十四歳の幸一は十一歳の恭太と同じ部屋を使うことになる。これは二十一歳の長女真由美と紀代美も同様である。晋太郎の妹のめぐみが夫の浮気が原因で離婚し四人の子供を連れて二階に引っ越してきたためもあって、家はもう空き部屋が一つもない。めぐみはしばらく精神不安定で引きこもり状態にあり、末娘とともに死ぬかも知れないと疑われている。

ボラージュが真由美と京都に遊びに行ったことがばれて、敦子が過剰に反応することもあった。

そのうち、真由美が妻子ある男とつきあっていることがわかり、晋太郎が真由美を鼻血まみれになるほど殴ることが起きる。さらにめぐみの子供の夏雄と秋雄とが別れた父親である正志とこっそり逢っていたことを知って、長男の春雄が荒れる。ボラージュに女友達ができ体の関係があると知ると、敦子は古い道徳観を振り回して説教する。真由美が一人暮らしを勝手に決めてきた時もこのやや古臭い倫理観は変わらない。

幸一にも、晋太郎は「お前は、自分だけよければいい人間みたいやな」と頬骨のあたりを殴りつけている。何度も崩壊寸前になるこの家庭であるが、しかしその度に舅の福造や飼い犬のフック、留学生ボラージュなどの絶妙の役割などにより持ち直す。その繰り返しがもはやこの家を動かすリズムのようになっている。逆に言えば、この小説の登場人物たちは、みんなすぐに人に絡み喧嘩するように描かれている。仲直りするために喧嘩しているかのようである。わざわざ嫌味を口に出し、ボラージュにさえも遠慮しない。おそらくこの遠慮のなさと喧嘩っ早さは裏腹の関係であろう。それは関係が近しいことの証左でもある。それが大阪の土地柄でもあることを、宮本輝は読者に暗に知らしめたかったのかもしれない。

晋太郎は、次のように述べる。

「この家は、一家の砦や。めぐみも、めぐみの子供らも、この家があるから、羽を休められる。みんなが散り散りになるのと交換に、俺は俺のわがままを押し通したりは出来ん。それだけは出来ん。俺は、このにぎやかな家族が好きや。それは、俺の見栄やわがままでいじくったり出来るもんとは違う」

この、理窟ではない晋太郎の「思想」がこの家を支えている。そしてこの「思想」を実現するのが、恭太の思いつきで行われた一家の記念写真撮影である。第六章に次のように書かれている。

何日かたってから、恭太は、どうかしたひょうしに、ケニア人の大男・ウモが大切そうに持っていた写真を思いだすようになった。

あそこには、ウモの両親や兄妹、親戚縁者たちが、二十数人も一緒に写っていたのだった。

それは、恭太が、かつて見たことのあるさまざまな写真にはない、何か不思議な陽気さとか、真摯さとか、

ある種のおごそかな雰囲気とかが、どこかお祭り騒ぎみたいなものを伴なって、一葉の記念写真のなかにひそんでいた。（略）

ウモの写真には、何かとても大切なものがあった。うん、つまり、家族としての大切なものが充満していた……。

恭太は、そんな言葉を自分の胸の内でつぶやき、ひとり悦に入って、自分たち家族も、あのような記念写真を撮っておかなければならないのではないかと考えた。

それは、家族の誰かひとりが欠けてもいけない。つまり、ボラージュが、ハンガリーへ帰ってしまうことしの四月までに写さなければならない……。恭太はそう思ったのである。

思えばこの写真館での記念写真という文化も徐々に過去のものとなりつつある。写真自体は氾濫しているが、デジタルプリントではなく記念館で撮影するという晴れの行為が、大家族と共に失われつつある。そしてこの小説自体もまた、ボラージュがいた城田家の記念写真となっているのである。

## 二、犬という家族

宮本輝の文学には、象徴的な生き物がよく登場する。「泥の河」のお化け鯉や、船端の青く燃える蟹、「道頓堀川」の足が三本の犬、「春の夢」のキンちゃんという柱に打ち付けられたとかげなど。しかし、今見たとおり、それぞれ、いわゆるペットとは言いがたい存在のものも多い。

これらに対し、この小説のフックという犬は、正しくペットと呼ぶにふさわしい存在であろう。ペットとは、撫でさするという意味の動詞でもある。登場人物たちは、何度もこの「アメリカン・ビーグル種の、ことし八歳になる牡犬」を撫でさすっている。

フックは作中の表現によると、「血統書付きのアメリカン・ビーグルで、敦子の次女が友だちの家から貰ってきた」犬で、しかしながら「自分を犬だと思っていない」。

なお、前掲の『宮本輝書誌』の「年譜」の一九八三年の項には「ビーグル種のオスの仔犬を買ってきて、マックと名付ける」とも書かれている。

宮本輝には「私の愛した犬たち」（『ミセス』一九八三年四月）という文章がある。初出時からもわかるとおり、飼い始めたばかりの時期の文章なので、マックについての感想はない。次のような文章である。

生涯二度と生き物は飼うまいと誓ったはずなのに、十日前、私はビーグル種のオスの仔犬を買って来た。デンスケ、マリ、ムク、二代目ムク、コロにつづく六匹目の犬である。私の幼い息子たちに、愛するものを与えたかったからであり、生老病死という厳然たる法則を自然のうちに認識させたかったからである。

「彗星物語」は、フックの死で閉じられている。この小説のもう一人の主人公は、フックかもしれない。ただし、フックは、必ずしも良い犬とばかり描かれているわけではない。

その一つは、かなりの情熱家である点で、敦子が一度、夜中に外に出してやったところ、次のようなことになる。

「嬉しい嬉しい、楽しかったなァ」

と言いながらフックは、全身傷だらけになって帰って来たのだが、やがて、城田家の近辺のあちこちに、珍妙な子犬たちが誕生しはじめた。フックは、たった一晩に、三匹の雌をものにしたのだった。雌犬は、一匹はスピッツで、もう一匹は柴犬、それにコリー種の混じっている雑種だったが、生まれた子供たちは一匹残らず父親の血を色濃くひいていたのである。三匹の雌犬の飼い主は、いつのまにか種をつけていったけしからぬ犬が、どこの、何という名の犬であるかを即座に知った。

しかしながら、この点を以て、犬を悪者扱いにすることは、やはり人間の側の勝手かも知れない。この他に、敦子にフックは次のように見られている。

しかし、どこか変だという点においては、このフックの右に出る者はいないだろう。嫉妬深くて、寂しがり屋で、気にいらないことがあると、腹いせに部屋の中でおしっこをして、そのたびに、みんなに叱られている。人間は、誰も自分に危害を加えないと信じきっている。フックが一番いやがるのは、自分を「犬」と呼ばれることだ。それだけは、まるで人間の言葉がわかるみたいに、「こら、犬」と呼ばれると唸り声をあげる。フックは、決して怒らない犬だが、自分のことを「犬」と言われたときだけは、本気で怒る。犬と呼ばれて怒る犬なんて、やっぱり変だ……。

このとおり、ここでも家族の一員として、いわば「人間」としてその性格が観察されている。ペットがペットとして家族の仲間入りをするということは、このように、「人間」としてその感情が扱われるようになることである。動物を飼っている、という事実には、愛情や親しみに特定の段階があり、このような上位の段階にすぐに達するのが、犬という動物であることもまた、多くの人が認めるところであろう。

## 三、セルダヘーイ・イシュトヴァーンというモデル

第一章に、城田家に着いたボラージュを、晋太郎が家族に紹介する場面がある。

「きょうから、我が家の一員となったポラーニ・ボラージュさんです。ハンガリーのブダペスト大学、正式にはエトボシュ・ローランド大学の史学科を卒業され、神戸大学の修士課程で日本の近現代史、その中でも〈江戸幕府崩壊と明治維新〉について学ぶため、三年間の予定で来日されました。ボラージュさんのお父さんは、ブダペスト大学の言語学の教授で、お母さんは小学校の体育の先生をなさっています。お兄さんは、昨年、司法試験に合格して、弁護士となられました」

何気ない表現であるが、宮本輝を知る人には、いかにこの小説がモデルに忠実に書かれたものかを示唆するに十分な内容となっている。第二章に掲げられたボラージュの父親から城田家に届いた手紙には、「一九八五年六月十日」という日付とともに、「ポラーニ・イシュトヴァーン」という、モデルを強く示唆する署名まで書かれている。

「異国の窓から」（『CLASSY』一九八四年六月～一九八七年八月）には、一九八二年一〇月の、「ドナウの旅人」の取材のため、約一ヶ月間、西ドイツ、オーストリア、ユーゴスラヴィア、ハンガリー、ブルガリア、ルーマニアの国々へ出かけた旅行について書かれている。同行者は、朝日新聞学芸部記者の大上朝美、挿絵担当の安久利徳、そして作家の池上義一である。ハンガリーでの通訳を務めたセルダヘーイ・イシュトヴァーンに、日本への留学を勧めた経緯は、以下のように書かれている。

　その青年は、セルダヘイ・イシュトヴァーンという名前だった。すりきれたジーンズに、黒いスニーカーを履いて、ドゥナ・インターコンチネンタルのロビーで私たちを待っていた。予想していたよりも日本語は上手だったが、こみいった話が出来るというほどではない。ブダペスト大学で歴史を学んでいて、来年卒業の予定である。卒業論文のタイトルは「日露戦争の、ハンガリーにおける影響」だという。しかも彼の研究テーマは、「江戸幕府崩壊と明治新政府」なのである。それを、彼は、たどたどしい日本語で私たちに語った。

（略）

イシュトヴァーンは、ブダ側の、橋のたもとにある城門の由来を、一所懸命、説明してくれた。しかし、私はほとんど聞いていなかった。ただ、彼の横顔を見つめた。何となく、初めて逢った気がしない。日本に興味を持つヨーロッパ人は多いが、それはたとえば、茶道だとか禅だとかの、オリエンタルムードへの憧れであったり、コンピューターや半導体の技術に関するものである。江戸幕府崩壊や、明治新政府について研究しようとしている青年に出逢ったのは初めてであった。

「しかし、ハンガリーに、日本の文化や歴史の専門家はいないでしょう」

　そう私が訊くと、彼は、

「はい、いません」

とだけ答えた。ところが彼は、自分がその専門家となり、大学で教えるようになるのが子供のころからの夢だったのだと、しばらくたって恥かしそうに言った。

「日本に留学出来ないんですか？」

「出来ません」

「なぜ？」

「国は、コンピューターだとか機械だとかを勉強する学生にしか留学金を出しません。日本とハンガリーの物価は、大変に違いますから」
「じゃあ、あなたの夢はインポッシブル・ドリームってことになる」
「はい。そうです」（略）
私は、誠実で意志の強そうなセルダヘイ・イシュトヴァーンという青年を、日本に留学させてやろうと思った。（略）
私は、イシュトヴァーンに、日本に来るようにと言った。行きの飛行機代だけは、自分で工面しろ。俺の家に住んで、日本の大学の修士課程を卒業しろ、と。彼は、ぽかんと私を見つめた。

このとおり、かなりの程度、宮本輝の気まぐれで事は運んだようである。ここで忘れてはならないのは、やはり、当時のハンガリーが東側の国であった点である。今以上にあらゆる困難の度合いが高いことが想像できる。

宮本輝は性急に、すぐに彼の両親を訪ねた。その後の速やかな展開については、同じ「異国の窓から」の文章に次のように書かれている。

ブダペスト大学の言語学教授である父親は、突然息子の日本留学の招待を申し出たおかしな日本人を、温厚な、礼儀正しい立居振舞いで迎えてくれた。そのとき、私は、息子とまったく同じ名前の、ドクター・セルダヘイ・イシュトヴァーンが、エスペラント語の権威であり、世界のエスペランチストから〝グレート・イシュトヴァーン〟と呼ばれる高名な学者であることを知らなかった。（略）
けれども、氏はなぜか私を信じてくれた。しばらくの懇談のあと、私と氏とイシュトヴァーンは別室に移って、細かい打ち合わせをした。大阪大学か神戸大学の修士課程に入学出来るよう、日本に帰ったらさっそく努力をする。日本語の勉強期間も入れて、最低三年間は、私の家に住み、家族として暮らすことになるであろう。貴国政府が、子息の日本留学を認めるよう、早急に手続きを始めてもらいたい。私も、入学と入国に関する手続きを始める。（略）

私は訊いた。最も大切な問題を。

「あなたは、私という人間を信じられますか」

氏は穏やかな表情を向け、こう答えた。

「すでに、信じています」

私たちは、それから十五分ほどあとに、セルダヘイ家を辞したのであった。

正しく小説のような場面である。さらに、この「異国の窓から」の「あとがき」には、この紀行文には書かれなかった「その後」が、次のように続けられている。

彼は念願どおり、一九八四年の春、日本の土を踏み、私の家族として三年間暮らしました。彼は、一年間の研修期間ののち、神戸大学修士課程に進み、日本の近現代史を学び、一九八七年の四月、優秀な成績で卒業し、祖国、ハンガリーへ帰国しました。彼の、日本での生活に費やした努力は並々ならぬものでした。（略）彼がなした労苦と努力は、まさに血の汗を流すという表現以外ありません。彼の父君は、まるで息子の帰国を待っていたかのように、その年の八月に亡くなられました。

これもまた、実に劇的であろう。

ちなみに、これはどうでもいいことではあるが、筆者真銅もイシュトヴァーンと同じ一九八五年四月に、同じ神戸大学大学院文学研究科（修士課程）に入学している。要するに同級生である。史学と文学の相違があり、またおそらくイシュトヴァーンが他専攻の院生と交流を深める余裕のないほど研究に没頭していたこともあって、交流はなかったが、同窓会名簿には名が並んで書かれている。

## 四、プレテクストの手法と効果

この小説には、プレテクストとして、津村信夫の詩の一節が引用されている。先にも見た、ボラージュの父からの手紙の中には、次のような言葉が書かれている。

その詩人は、津村信夫という名で、ボラージュの日本の父である晋太郎の好きな詩人だそうです。

——その橋はまこと長かりきと、旅終わりては人にも告げん——。

この詩の書き出しは、ボラージュに何か多くのものを感じさせたのでしょうが、私は、まるでそれが私のために書かれたものであるかのように思いました。自分の渡って来た橋がどんなに長いものであったかは、旅が終わってから人々に語ろう、と。

この津村信夫の名と詩は、結末部に届けられた、ボラージュからの城田家への「一九八八年七月二十二日」の日付の手紙に再び引用されている。

その橋は、まこと、ながかりきと、
旅終りては、人にも告げむ、

雨ながら我が見しものは、
戸倉の燈《ひ》か、上山田の温泉《いでゆ》か、
若き日よ、橋を渡りて、
千曲川、汝《な》が水は冷たからむと、
忘るべきは、すべて忘れはてにき。

この詩の内容が、ボラージュの三年間の日本滞在を始め、いくつかを象徴的に示していることは明らかであろう。何かを暗に指し示すプレテクストの引用は、あまりにその譬喩が直接的にすぎれば、効果としては低い。いろいろなことを読む人に積極的に考えさせるために、敢えて言葉足らずな詩や警句が多用されることが多いのは、その効果を可能な限り上げるためでもある。

同様に、ボラージュの父は、ホメーロスのオデッセイアの中の「十七の三九一」の言葉を、城田家の人々に捧げたと、ボラージュから知らされる。その言葉は、以下のとおりである。

——予言者や病をいやす医者、あるいは船大工か、その歌で人の心を楽しませる尊い歌人のような、みんなのために働く人のほかは、誰がわざわざ自分からよそ者を招くものか——。

これも、城田家を指すことは明らかであろう。反語的に、深い感謝の意を代弁した言葉である。

さて、この小説におけるプレテクストの引用の効果の最も目覚ましいものが、以下の場面の用法であろう。勉強に目覚めた恭太が、自分の頭の悪さを痛感する場面である。

とりわけ、国語の試験てやつは、さっぱり手に負えない。きのう、ある高校の入試問題を解いていて、国語に関しては、すっかり自信をなくしてしまった……。

恭太は溜息をつき、その国語の問題を思い浮かべた。それは、ある作家の小説の一部分から出題されていた。

——蟹は、燃えながら狭い座敷のあちこちを這い廻って、その跡に小さな火玉を落とした。両手をだらりとさげて、喜一はぼんやり座敷のなかの焔[A]を見つめていた。信雄が火を消そうとして畳に四つん這いになった時、眠っていた筈[B]の銀子がゆっくり起きあがった。[C]そして燃えている蟹の足をそう慌てるでもなくつまみあげると、ひとつひとつ川に投げ捨てていった——。

問題の最初は〈傍線Aの「焔」という漢字を、作者はなぜ「炎」と書かなかったのか。その理由を二百字以内で説明しなさい〉というものだった。

恭太は、その問題に関しては、多少、正しいと思われる解答を書くことが出来た。「炎」と書くと、とても大きな火みたいだが「焔」となると、小さな火みたいな感じがする。それで、恭太は、自分が感じたことを、なんとか二百字以内で説明した。しかし、それは、答を書かなければならないから、あえてそう思いついただけで、「焔」であろうが「炎」であろうが、恭太には、別段たいした事柄ではないような気がした。

恭太の答は、おおむね正解だったが、二番目の問題は、さっぱりわからなかった。

〈傍線Bの字を、作者はなぜひら仮名で「はず」と書かず、漢字の「筈」という字を用いたのかを、五十字以内で説明しなさい〉

「そんなもん、作者の勝手やないか。つまり作者の癖やとか、好みの問題や」（略）

三番目の問題に関しては、恭太は完全にお手あげだった。

〈傍線Cの最初に「そして」とあるのはなぜか。また、銀子はどうして燃えている蟹を見ても、慌てることなく、ひとつひとつ川に投げ捨てていったのか。それぞれ説明しなさい〉

「『そして』を、『銀子は』に変えたって、かめへんやないか。作者のそのときの気分や。燃えてる蟹を全部いっぺんにつかんだら、やけどするがな……」

けれども、正解は、しちむつかしい文法用語と、何やら無理矢理こじつけたような説明がなされていた。

「ぼくの答のほうが絶対に正しい。作者に手紙を書いて訊いてみよかな。作者は宮本輝か。返事、くれるやろか……」


ここには、作者の何とも微笑ましい遊び心が認められる。このような入試問題は現実には無かったのかもしれないが、作者の、文学作品が試験問題に用いられることへの、やや婉曲的で皮肉の利いた抗議が認められるのである。

ところで、『宮本輝』(『新潮』臨時増刊、一九九九年四月)には、「宮本輝が挑む入試問題」という実に興味深い企画による記事が掲げられている。「螢川」を用いた「一九九五年度「東北大学」文系前期・国語」の問題を、宮本輝自身が解くというものである。結果は散々で、一〇〇点満点中、宮本輝の得点は、三二点であった。

その末尾に、「宮本輝の試験中のつぶやき」と「敗者の弁」の二つからなる総括的な記事のコーナーが設けられている。そこには、以下のように書かれている。

宮本輝の試験中のつぶやき
宮本輝は、試験に向けて、前日から酒を控え、前夜にはスッポンを食して精をつけ、当日も、頭の冴える起床三時間後に試験開始するという念の入れようだった。

「東北大学かなんか知らんけど、そんなもん、オレは作者やでぇ、満点に決まっとるやないか」

そう語りつつも、用紙を手にした時の目つきは宙を彷徨っていた。

制限時間は二〇分である。開始の合図とともに用紙を表に返し、問題文に目を落とした。五分かけてじっくりと読み、問一にとりかかる。

「なぜか……っていわれても。五〇字以内で書かれへんから、オレは長い長い小説の一部分として千代の心情を書いとンや」

と弱音を吐きつつ、鉛筆を走らせる。

「あっ、マスが足らん！」

「あっ、時間がない！」

「消しゴム使うの、何年ぶりや？」

「学校制度反対や！」

「これを書いた作者の気持ちがだんだんつかめてきたぞ！」

つっこんでくれる者などない、静謐な空間で彼は、消しゴムと鉛筆を交互に、しかも不器用に操りながらも、問二、問三、問四と一見順調に解いていった。そして、伏兵問五である。

「なんで『小走り』かっていわれても」

そして嵐の二〇分が過ぎた。こうして右の答案ができあがった。

敗者の弁
「問題が悪いンちゃうか。『小走りで』に傍線引くなよ」

哀しい叫びであった。

この企画自体がユーモアに富んだ大いに笑えるものとなっているが、それでもここには、国語問題の抱える大きな問題が見え隠れしている。作者が答えられない質問に正解があることの意味は、問い直してみれば深い。

この自作をもプレテクストとして作中に取り込む手法に典型的であるが、プレテクストは、それが誰の何という作品であるかが知られている場合には、より大きな特別の効果を上げる。

プレテクストの効果は、単一の次元と思われた虚構世界を多重化する。いわば、虚構内に留まる筈の登場人物たちの存在性が、その虚構世界から滲み出て、ある場合には現実世界に近づこうとするのである。読者は当然ながら、虚構世界と現実世界の混淆を感じ取り、複雑な読後感を抱くに至るであろう。

このようなプレテクストの効用は、本作のようなモデルを容易に推察できる小説の場合には、倍増されるであろう。ここには、モデル小説における現実味と虚構性という、二律背反する二つの要素を操る作者の手法が示されている。作中に自らの作品を登場させる宮本輝の方法からは、作者がこのことに十分自覚的であることが窺える。むしろ、敢えて境界を踏み越えてまで、小説の虚構性の重要性、すなわちモデルとなった現実ではなく、作者の構築した世界を優先的に読むべきことを、読者に伝えたかったのではなかろうか。

# 第一六章　「オレンジの壺」

## ―パリ・フランスという憧れ―

## 一、謎かけと謎解きの物語公式

「オレンジの壺」は、女性雑誌『CLASSY』に、一九八七年九月～一九九二年三月まで、かなりの時間をかけて連載されたものである。一九九三年九月には、光文社から刊行された。

物語の主な語り手であり、主人公でもあるのは、田沼佐和子という二五歳の女性で、一年の結婚生活を経て離婚したばかりである。夫の別れ際の言葉は、「お前には、どこも悪いところはない。だけど、いいところもぜんぜんないんだ。女としての魅力も、人間としての味わいも、まったく皆無だ」というものであった。別のところでこれは「石のような女」とも言い換えられている。作者がこのような女主人公を設定したことの意図はどこにあるのであろうか。

読者は、明らかに物語の中心に位置する人物には、過分に同情的である。たとえ「石のような女」という表現があっても、この女主人公に寄り添うことは必然であろう。佐和子は自分でも、次のように考えている。

恐る恐る、鏡に映る顔と向かい合い、佐和子は、決して美人ではないが、器量が悪いというわけではないと思った。普通の顔だ。目は大きすぎないし細すぎることもない。

でも、どんなに工夫して塗っても、アイシャドーは私の目を狸みたいにさせる。鼻も高すぎず低すぎず、ひしゃげてもいない。唇は、閉じると幾分尖ったようになるのが欠点といえば欠点ぐらいで、頬がこけているのは、ここ数カ月の離婚による心労のせいだ。

「だけど、いかり肩で、ペチャパイで、お尻は垂れてるし、大根足なのよね」

やはりかなり気にはしているようである。この文章は、文字だけで作られる小説において、かなりの程度豊富な視覚的情報を与えるものである。格好の紹介文になっているわけである。

さらに続けて、次のような自問自答も書かれている。

人間としての味わいが皆無だ……。佐和子は心の中で何回も自分にそう言ってみた。確かに、面白い女ではあるまい。子供のころから、自分の冗談が周囲の人を笑わせたことは稀だし、流行のファッションに飛びついたこともない。友だちとお喋りをするよりも、ひとりで本を読んだり映画館の暗がりに坐っているほうが好きだった。そしてそんな自分を改めようなどとは考えたこともない。

「やっぱり、悪いところもないけど、いいところもない、つまらない女なんだわ……」

このような描写がなぜこれほども丁寧に書き込まれているのであろうか。そこにはやはり、物語の全体に関わる仕掛けが見て取れる。

佐和子は、六人兄妹の末っ子で、佐和子がまだ一〇歳の時に亡くなった祖父田沼祐介は、なぜか未だ一〇歳にしかならない佐和子を見込んで、日記を遺した。その日記は、油紙に包まれ、弁護士の印鑑を捺した封印紙まで貼られ、「本人が自らの意志によって日記帳を求めない場合は譲渡せず、田沼佐和子以外は何人も日記帳を読むことは出来ないと添え書きされ、さらにもう一項、何人も、田沼佐和子に、日記帳を読むよう強要したり促したりしてはならない」と書かれたものである。これが、軽井沢の別荘で顧問弁護士によって守られているのである。

このような日記帳を送られるにふさわしい何かが、一〇歳の佐和子にはあったのであろうか。父にも他の兄妹にも見せられないものが、なぜ佐和子にだけ許されたのであろうか。佐和子ならずとも、誰しもなぜ祖父が佐和子にこの日記帳を遺したのかについて、疑問を抱くのは当然のことであろう。

これがこの物語に仕掛けられた第一の謎である。その答えは、佐和子という女性がどのような人物であるのかがわかれば、そこに見つけられるものであろう。読者は、この謎解きに向かい、佐和子に殊更に寄り添うことを強要されることとなる。これは、いわば物語の外枠における謎と呼ぶことができよう。

次に、内容について具体的な謎解きがいくつか用意される。これらは目まぐるしく次から次へと用意される、祖父田沼祐介の洋行時代の謎である。祖父はとっくの昔に亡くなっているので、佐和子にとってのその謎は、過去のものであり、解読するためには時間的な制約も大きいものである。

この謎は、佐和子に残された祖父の日記によってもたらされる。通常、物語の核心に置かれる情報を盛り込んだ道具である日記は、物語の謎解きの鍵として読まれるものであろうが、この小説では構造が逆転している。祖父の日記は、開かれると、そこからまず謎が始まるような役割を担っているのである。もちろん、答の鍵も詰まっているはずであるが、日記は、それまでの佐和子の生活とは全く関係のない情報をもたらし、佐和子を別世界へと引き込むものである。つまり、日記は、この壮大な歴史ロマンにとって、当時の祖父の謎解きのための答として用意されるのではなく、謎かけの役割を担っているのである。

祖父は、田沼商事の基礎作りのために、ヨーロッパの幾つかの食料品や飲料を日本に輸入する権利を求めて洋行したのであるが、その日記には、商売という本来の目的とはかけ離れた、祖父の人間的な側面と深く関わる要素が多く書き込まれている。

祖父は三五歳でパリに渡航しているが、その前にあやという女性を愛していたこと、ところがそのあやは今は他に嫁ぎ、子供までできていることが語られる。このあやとの関係が、日記における謎の第一である。

次に、ところどころに「オレンジの壺」という、祖父自身もその意味を知らない、暗号のような言葉の謎が書かれる。

さらに、ジャムやママレードを作る職人で、自らの名を社名としたマダム・アスリーヌに会いに出かけ、そこで、ローリーというマダムの娘と出会い、やがては恋愛し、結婚の約束をし、子供まで宿したが、先に日本に帰ると、ローリーが死産し、自分も死んでしまったという知らせを受け、絶望に陥るが、実はその子供であるマリアンヌ、通称マリーが、実は死んだのではなく、今も生きているのではという疑念を持つ、という、物語の中で一番、推理小説的な要素が語られる。マリーは、父の姉に当たる。このマリーが生きているのかどうかを調べるために、結局、佐和子は、パリに渡航することになる。

軽井沢の別荘の茶室で見つけた、祖父宛の手紙の束を訳してもらうために、滝井という人物と出会う。この滝井もまた、一度離婚を経験した独身の男である。パリに暮らしていたというので、通訳のために、滝井にもパリに同行してもらうことになる。当然のことながら、読者は、滝井と佐和子との関係について、意識し始めるであろう。これもまた、やや物語の外側に位置する謎かけの一つである。

この後は、日記と手紙による情報から、パリでの人的つながりがもたらす謎解きが重ねられていく。ついには、二人はエジプトのアスワンにまで飛び、そこでキーパーソンの一人である、サラ・ベローこと、モニカ・シュミットに会うことができ、祖父の日記に裏帳簿版があったことを知る。そのもう一つの祖父の日記が、さらに謎を深める。

結局、この謎は、完璧に解かれることはない。謎が謎を生み、収拾がつかないうえに、過ぎ去った時間が、謎を解く鍵を無くし、隠し去ってしまったのである。ここで作者宮本輝は、安易な答を用意してくれない。我々読者は、謎を謎としたまま読書を終えることを、実にうまく丸め込まれるように納得させられるのである。

この手法は、よく考えてみれば画期的である。中心的な謎が解かれないまま、すなわち、マリーが生きていることまではわかったが、彼女と会うのではない形で、物語は閉じられる。通常ならば、謎解きが完遂されずに小説が終われば、読者には強い不満が残るはずであるが、この小説の場合には、それがあまり感じられないのである。推理小説において、犯人が見つからないまま終わることと比べるならば、この小説の特異性は明らかであろう。

## 二、日記や手紙を覗き見ることの魅力

この小説は、多くが日記や手紙から出来上がっている。まず、封印付きで佐和子に渡された祖父の日記、次に、茶室に保管されていた祖父宛の手紙、雨宮豪紀の皮表紙の手帳、そして、アスワンでモニカ・シュミットが持っていた祖父のもう一つの日記のコピーである。

当然のことながら、日記や手紙は、本来、広く公開されるものではない。手紙ならば、通常はその相手に読まれることだけが想定されている。日記の場合はややその読者意識は複雑であるが、本来は、備忘のために自らだけに閉じられたものであろう。しかしながら、この小説の場合は、裏帳簿とも云うべきものと、読まれて構わないものとの二種の日記が同時に書かれていたことからもわかるように、これらの日記は、誰かに読まれることが想定されている。

アスワンで手に入れたヴァージョンには、祖父が日本の諜報機関に利用されていたことがわかる内容が多く書かれているので、こちらは本来隠すべき内容を書いた、真の日記といったんは受け取ることができる。これとの関係で、もう一冊書かれなければならなかった事実を勘案すれば、佐和子に残されたものは、何かを隠したやや不正確な日記ということになる。

永井荷風が、短くとも四〇年以上にもわたり、『断腸亭日乗』と呼ばれる日記をつけ続けていたことはよく知られている。そのうち、特定の期間には、同時に二つのヴァージョンを書いていたことも知られている。「四畳半襖の下張」などの、いわゆる地下本の執筆について、取り締まりの目を盗むためであったとされる。真の日記の存在を隠すために、偽の日記を用意しておくというやり方である。

「オレンジの壺」の祖父の二つのヴァージョンの日記が、そのような役割を与えられていたかどうかは不明であるが、そこには、荷風以上に切羽詰まった役割が与えられていたのかもしれない。諜報活動などは、いうまでもなく、命の危険を伴う。この命を救うほどの秘密があれば、真の日記の方が、最終的には読まれるべき日記になることも有り得る。ユースケが「鯨」からもらった、二人の男色的恋愛関係を示すSからの手紙などは、このような証拠品の典型であろう。

しかしながら、そうなると、なぜ佐和子に遺された手紙について、祖父があれほども厳重な管理をしたのかがわかりにくい。また、佐和子がなぜその宛先に選ばれたのかについても、明確な答えを与えてはくれない。やはり、ここにも、佐和子にだけ読まれるべき内容が盛り込まれていると考えるべきであろう。ではそれは一体何か。

諜報活動の日記は、戦後になり、時代が移れば、その役割を無くし、その意義も変化するであろう。しかしながら、マリーの存在に代表される、人間と人間の関係は、戦後になっても継続される。そこにある、単純な理解は難しい、愛情なるものの複雑さは、読む人によっては、危険な暴力の源泉となってしまうかもしれない。佐和子は、離婚して初めて、祖父の日記を思い出し、読んでみようと思ったと書かれている。そこには、ある成長の段階として、離婚が関わっていることが窺われる。

佐和子は、人を見る目がなかったが、やっと目覚めた。そのことを見越していたかのように、祖父は、佐和子が自主的に日記を読みたくなった時に限って、読むことを許すことを遺言している。

ということは、この日記には、諜報活動などの戦時の特殊任務ではないが、別の大切なことが書かれていると読むことができる。それは、例えば当時のユースケ・タヌマが、ローリーという婚約者がいるにも拘わらず、レナーテという私娼上がりの恋人とも付き合っていることや、国際結婚に代表される、人が人を好きになることと人種の問題、さらには、最後の謎かけとして届けられる、「アスリーヌは××を愛してる」の××に、もし「私」

の一文字が入ると、どのような事態になるのか、などの、愛や心に関する問題である。そういえば、マダム・アスリーヌに初めて会った際に、ユースケはその美貌に驚き、六〇歳くらいを思い描いていたのに、三九歳であったことにさらに驚いたことを日記に書き留めていた。当時ユースケは三五歳であるので、二〇歳のローリーより、母に魅力を感じても、不思議はないのである。そうなれば、ローリーとの結婚に反対したマダム・アスリーヌの感情も、やや違った印象で読者に伝わることになろう。

愛や心だけは、国境を越えて、また時代も超える。この小説は、そのような隠れたメッセージを秘めているのではないだろうか。そして祖父は、幼い佐和子が一見「石のような女」に見えるが、それとは別の「裏帳簿」のような内面を持つ女となることを見抜いた上で、愛や心についての正確な解読を託したのではなかろうか。

## 三、パリの風景

この小説の主な舞台は、フランスのパリである。パリと聞くだけで、特別の憧れを抱く読者も多いのではないだろうか。ましてや、この小説が発表されたのは、『CLASSY』という女性雑誌であり、日本人がようやく容易に渡航できるようになったバブル経済期の真っ只中であった。一九八七年九月から一九九二年三月の連載期間の中には、フランス革命二〇〇年、その一〇〇周年を記念して建てられたエッフェル塔一〇〇年に当たる、一九八九年も含まれている。この年に筆者も初めてパリを訪れたが、エッフェル塔に100ansの文字がイルミネーションとして飾られていたのを覚えている。パリに行く前にはウィーンにも立ち寄ったので、この作品の舞台であるヨーロッパの当時の空気について微かにではあるが感じ取ることができる。

佐和子が訪れたパリは、連載時とあまり変わらないであろうが、ユースケが訪れたのは、一九二二年、すなわち、大正一一年のパリである。一九一四年に始まった第一次世界大戦がようやく終わり、第二次世界大戦までのしばしの安寧を見せるパリの風景が、その日記には写し取られている。

田沼祐介は、一九二二年三月五日、横浜港を、一万三千トンの船で出港し、四月二五日に、予定より一〇日遅れで、マルセイユ港に着いている。ここから列車でパリに向かい、午後四時にパリに到着したという。迎えに来た石垣君という人物が、「十三区の中央部」のアパルトマンを見つけておいてくれたとのことで、そこまで、セーヌ川のほとりを馬車で向かう。その初めて目にするパリは、以下のようなものであった。

ルーヴル美術館を眺めているうちに、突如、私の視界に凱旋門が飛び込む。私は、しばし黙って、黄昏の凱旋門を見つめる。（略）あやの憧れていた巴里は、古色の中にあって華麗である。大戦の傷跡をいたるところに散見するが、欧羅巴の都の風情を喪っていない。

そうして、この風景は、物語の現在時においても、さほど変わっていないものと思われるのである。パリは五官を通してもユースケに入ってくる。

幾分下り坂の通りの角に、〈カフェ・ド・アンドレ〉と看板を掲げる店がある。香ばしいパンの匂いと、数人の客の人相に魅かれて入る。（略）窓ぎわのテーブルに坐り、カフェオレと黒パン、それにオムレットを注文する。卵は三つか四つかと訊かれ驚いた。（略）私は、二つと答え、煙草を吸う。

いかにもパリらしい朝食風景である。

しかし、戦後間もない、両大戦の間であることを示す、パリが物語の現在時とは全く別の顔を見せる場面も登場する。市電に乗って、以下のような場面にでくわすのである。

屋根を修復中の建物が多い。壁に左翼のスローガンがペンキで書かれた建物もあり、逆に右翼のスローガンらしいビラも散見される。乗客たちの表情の硬さを不審に思ったが、その理由はモンマルトル通りの中程で判明する。鳥打ち帽の青年が不意に席から立って演説を始めた。（略）外套を着たちょび髭の男と、新聞を読みふけっていた太った人相の悪い男が、ただちに青年の腕をねじり、運転手に停車を命じる。

このような、ぴりぴりした空気がところどころに漂う時代だったのである。

各地の地名も多く書かれている。ユースケは、船で一緒であったベルリーノ神父に紹介された肉屋を訪ねるが、それは、「カルチェ・ラタン地区の西側」で、「学生街で、若者の数が多い」と描写されている。また、マダム・アスリーヌに初めて対面したのは、「ノートルダム寺院を一望できるレストラン」であった。ジェームズ・バーラップ社との仮契約書を交わした際には、「サンジェルマン通りを走って、ローリーの待つカフェに向かう」。その後、「アレクサンドル三世橋まで散歩して」別れている。別の日、ユースケとローリーは馬車で、「アレクサンドル三世橋を渡り、シャンゼリゼ通りに近いレストラン」に行っている。パリの街は、どこでも舞台になる。

佐和子はついに、通訳として滝井を伴い、パリを訪れることになる。彼らが滞在したシェラミ・ホテルは、「セーヌ河の対岸にルーヴル美術館の屋根がかすかに眺望出来る」場所に建つ。ここを拠点として、二人の探索が繰り広げられる。滝井はかつてパリに五年いたが、その間に結婚もしていた。

「エッフェル塔の右側に電車のレールがあるでしょう。あれはパッシーからパストゥールまでを結んでるんです。パッシーで降りて、真っすぐ坂を昇って行くと、小さな教会がある。その斜め向かいのアパートに、いまも別れた女房が住んでます」

この滝井の言葉から、観光地ばかりでない場所も丁寧に描かれていることがわかる。アンドレ・アスムッセンが住んでいたらしい場所は、モンパルナス駅とモンパルナス墓地の中間あたりとのことである。また、シャルル・クルゾワはギメ美術館の裏に、今も住んでいる。パッシー駅近くのビル・アケイム橋を渡り、シャルル・クルゾワを訪ねた帰り、滝井は近くの別れた妻に会いにいく。

その後二人は、エジプトにサラ・ベローを訪ねることになり、まずカイロに到着する。スフィンクスの近くのホテルやオールド・カイロ、ナイル河畔などを歩き、その後アスワンに向かうのである。

そこで二人は、ユースケのもう一つの日記のコピーを手に入れる。この日記には、再び一九二二年のパリがなぞり返されているが、ベルリンやウィーン、ロンドンなどへの小旅行も描かれている。

改めて、実に壮大な規模が描かれた小説であることに気づく。また、一九二二年と現在時との時間の往復もダイナミックである。

これだけ材料が広がると、簡単には収拾がつかないであろうことは容易に推察できる。読者は、ただ作中人物たちに寄り添うだけでも、仮想旅行を楽しむことができるのである。

## 四、戦争の記憶と真理のゆくえ

この小説には、もう一つ、実に重要な要素がある。それは、戦争とその傷跡である。時代は両大戦間であり、第二次世界大戦はまだ起きていないが、ヒトラーひきいるナチスが台頭し始めたことが書き込まれ、不穏な空気は感じ取ることができるようになっている。これは、未来に来る戦争を批判する、いわば未来型の反戦小説とも読めるのである。

ところで、戦争に代表されるような大事件は、正確に記録され、記憶されているのであろうか。この小説に描かれた諜報機関などの存在は、戦争が終わると記録から消し去られる。祖父もまた、秘密を抱えて死んでいったものと考えられる。戦争には、このような隠蔽が数多く認められる。我々が知っている第二次世界大戦もまた、断片的なものなのかもしれないのである。

例えば、ユースケに好意を寄せ始めた頃のローリーヌ（ローリー）に関わって、以下のような描写が見える。

ローリーヌは、日本という国について、何も知らないので、二、三回、図書館に行って、日本に関する文献やら写真を見たのだと言う。日本人の男は、みんな刀をさしていると思っている。それで私は、自分が知っているかぎりの、日本の歴史について語る。戦国時代から江戸幕府への移行。徳川三百年の政治形態、黒船の来襲、倒幕という途方もない革命、明治新政府、近代国家へのめまぐるしい動き、大正デモクラシー、その間の、日清、日露、及び数年前の大戦までの歴史……。

これは、ユースケがローリーヌに語った「日本の歴史」であるが、ここに我々多くの日本人と共通の、知識の偏りが典型的に表れている。それは、「歴史」として語られるものが、基本的に、政治であり、戦争であるという偏りである。我々は高校までの日本史の授業で、例えば江戸時代の歴史、という枠で、まず最初に、将軍の代々を教え込まれる。これに対し、文学史などを含む文化史は、歴史という分野の中で、あくまで周縁的なのである。
ところが、その政治や戦争は、当事者以外にはわかりにくい、隠蔽された要素を多く含み持つことは言うまでもない。この小説においても、なぜ日本が第二次世界大戦に向かっていったのかは、さまざまな偶然的要素に左右されているもので、個人的なレベルの選択肢で、大きく歴史が変わった可能性が描かれるのである。

我々は、畢竟、歴史について、何も知らないのと同然なのかもしれない。なぜなら、全員が一致して捉えた、客観的な歴史などというものは、どこにも存在せず、常に、多人数の主観の齟齬の中に、歴史的真実は埋まっていると考えられるからである。したがって、真理はいつまで経っても闇の中なのである。

ちなみに、この小説の連載中の一九八九年は、ベルリンの壁が崩壊した年でもある。当時は、東西に分かれた世界の情勢が日々刻々と移り変わっていく時代に当たっていた。この時代背景を逆手に取る形で、作者が作品に一九二二年という時代を持ち込んだことは容易に推察できる。

これとは別の話題であるが、ここでユースケがローリーヌから受けた質問についての記述が続いている。


ローリーヌは、私に、日本がどのような文化を持つ国かと問う。そう問われて、とっさに答えられないことを恥かしく思う。日本に、固有の文化は、果たしてあるのだろうか。

私がそのことを考えていると、ローリーヌは、日本には、どんな音楽があり、どんな文学があるのかと訊く。この問いにも、私は明確に答えることが出来ぬ。

オペラに比するものでは歌舞伎があり、江戸時代には、近松門左衛門という文豪がいたと答える。そう答えてから、私は、やはり近松を、我が国が誇る文豪と呼んでもいいような気がした。


ここには、大きく二つの重要なことが語られている。一つは、日本の固有の文化とは一体何か、という問題。もう一つは、我々日本人が、日本とは何かということについて分かっているのかどうか、という問題である。いずれも、問い直しすらしない、当たり前の問いのように見えて、実は、何もわかっていないという、我々の思考の仕組に関わる問題である。

この小説は、このように、我々の歴史認識や、恋愛観などに、殊更に問いかけてくるものである。ただ単に主人公たちの各地への旅行ではなく、読者の思考の実験旅行とも云うべき、想像することに示唆的な小説だったのである。

# 第一七章　「朝の歓び」

―ポジターノ・南イタリアの風―

## 一、長い長いフラグメント小説の試み

「朝の歓び」は、『日本経済新聞』に、一九九二年九月一四日から一九九三年一〇月一七日まで連載され、その後、一九九四年四月に、講談社から刊行された。

単行本の「あとがき」において宮本輝は、以下のように述べている。

「朝の歓び」を、私は、長い長いフラグメントだけで構築しようと考え、平成四年九月十四日から、一年余にわたって、日本経済新聞の朝刊で連載を始めました。

けれども、私は、人生を、断片やかけらの集積だとは思ってはいません。数ヵ月の人生も百年の人生も、〈永遠のなかの途上〉だという考えは、私の作家としての基盤でもあります。

この「途上」という言葉は、『ここに地終わり　海始まる』の単行本の「あとがき」にも記されていたものである。人生は長く続く物語であり、そのうちのある時間を切り取れば断片と映るが、それはあくまで「永遠のなかの途上」であるという考え方は、小説という始まりと終わりを持つ芸術が、人生という全てを描く際に、当然ながらある人物の生誕と死去を始まりと終わりとして設定するのではなく、部分を以て全体を示すために、さまざまな工夫を凝らすものであるという作家としての考えから来ているものであろう。そしてそのために、一作品という単位が可能となるのであろう。この小説における主人公の江波良介とその恋人の小森日出子の造型についても、分量的にはかなりのことが描かれているが、すべてが明らかになるというところからは程遠い、極めて断片的な描かれ方である。

良介は、四五歳にもなって会社を突然辞めてしまう。妻の久子を病気で失った半年ほど後のことである。この理由についても、わかったようでよくわからない。これは、良介自身がそのようなので致し方ない。また日出子との今後についてもいい方向に向いていきそうでいながら、例えば結婚という形についてはそれが選択されるかどうかは不明確なままである。

この例に代表されるように、この小説には、通常の小説に見られるような主人公を中心として展開されるストーリー性が希薄である。これは、良介という主人公の性格を反映してのものかもしれないが、どのシークエンスも、行き当たりばったりのような印象がつきまとう。いかにも「偶然」なのである。

良介は、会社を辞めて、四年前の秋に分かれた小森日出子が住んでいる能登の七尾のあたりを訪れる。しかしすぐに連絡するわけでもなく、むしろ「偶然」に会うことを期待している。そうして案の定、かつて日出子と訪れた「ぼら待ちやぐら」のある海辺で日出子に声をかけられる。これは後に明らかになるが、日出子もまたいつか良介がここに来る「偶然」を期待して、この道を通っていたのである。

良介は日出子とのことを親友である内海修次郎に話し、内海がある人物にこれを話したがために、せっかく叶えかかった宝石デザイナーになるという夢が潰え、日出子は東京から去った。このおしゃべりの結果の運命の変化もまた「偶然」による。

東京で再び会うようになった二人の関係は、以前よりさらに複雑になっていく。妻が死んだので恋人となってもよさそうなものが、何かがそれを阻んでいる。しかしながら二人は、以前より肉体的にはしっくり合う関係になっている。

かつてのおしゃべりの結果の償いに、良介は日出子とのイタリア旅行にでかけることになる。良介は失業中の身で、妻の生命保険でこの大贅沢旅行を提案するのである。

ところがこの旅行中、日出子が市川という男にこっそり留守番電話を用いて伝言のやりとりをしていることに気づき、日出子のことが分からなくなる。一方良介の行動も、日出子を混乱させるものである。ローマの名所である「スペイン階段」で、一晩人を待ち続けている日本人の若い女性木内さつきに声をかけ、彼女が恋人にローマに置いてけぼりにされたことを知って、ポジターノへの小旅行をプレゼントする。ポジターノはこれから日出子と二人で行く場所である。ここはかつて日出子がパオロという「障害児」の少年と出会った場所で、日出子の旅行の目的はこのパオロに会いに行くことにある。今度は良介が日出子に秘密を作ったわけである。

このような旅行の設定はすべてお互いに神経の衰弱を強いるようなものばかりである。通常の旅行が持つ喜びや物語性からは程遠い。二人の関係修復の物語のはずが、男女関係が複層化し、物語が枝分かれしていく。このような性格がこの小説の「フラグメント」性に呼応している。もちろんこれは、日常の人間関係を忠実になぞるものとも云える。誰もが一本の道筋からは程遠い人生を送っている。その意味で、人生の断面を典型的に示す出来事ばかりが描かれているということになろう。

他の人物の役割も同様で、ただの脇役はいない。それぞれが人生の断面を一瞬断片的に見せるために存在しているかのようである。

例えば内海は、一読すると宮本輝の小説によく登場する武骨ながら温かい体育会系の男性であるように見えるが、実は全く異なる。妻との間に子がないのに愛人である千恵子が妊娠してしまい、うろたえて良介に名義だけ父親になってくれ、と頼んだりする。後に千恵子は、一人で生む、内海とは二度と会わない、と告げて、姿を消す。

先に触れた木内さつきのエピソードも印象的であろう。新婚旅行も兼ねた大切な旅行で、相手の男がさつきの財布まで持ってたった一人で飛行機に乗って日本に帰っていったというのである。

良介の兄伸介のエピソードも複雑な印象を読者に与える。父親とそりが合わず家を飛び出し、母の葬儀にも間に合わなかったので、怒った良介に灰皿で殴りつけられ額に大けがを負わせられたという過去を持つ彼は、今はローマで革なめしの職人として暮らしている。日出子との旅行の際、最初に良介は兄を訪ね、かつてのことを詫びるが、兄は全く気にしていない。今はソフィアとその連れ子のマリアと住んでいるが、ソフィアは未だに前の夫に手紙をこっそり書いているような女性である。それを知っていながら、兄は見て見ぬふりをしている。いつかうまくいくかもしれない、と待っている。少し優しすぎるこの兄は、実に魅力的に描かれている。

しかし何より印象的なのは、内海のゴルフ仲間で、八二歳になる大垣政志郎老人のエピソードであろう。ゴルフはマナーに始まりマナーに終わると良介に教え、自らもそれを実践している実に品のよい老人が、良介と最初にコースを回った際、実に調子がよかったために、年齢よりも下の打数で一八ホールを回るエイジシュートという奇跡が見えてきた最終ホールの一つ前のホールで、誰も見ていないことを幸いに、ゴルフボールを足で蹴ってホールに近づけたのである。しかし、この行為の自責の念に耐えきれず、最終ホールではわざと外し、八四で回ってエイジシュートをかなえずにおいた。この告白の後大垣老人は、内海と良介に一二通の私的な手紙のコピーを送り付け、読んでくれという。そこには老人の無様な過去が書かれている。老人は妻との間には子がなく、愛人二人に合計四人の子供を産ませていた。そのうちの一人である加納光雄という息子が一七歳になった時、会いたくもなかったが息子からの希望で会うことになった。その後、Kという親子ほども年の離れた恋人を、この光雄と争うことになる。そののちKは、女友達と出かけた旅先で、ボートから湖に落ちて事故死とも自殺とも見当のつかない死に方で死んでしまう。光雄もうつ病を患うが、今は何とか立ち直り、結婚して、とある事業を行っている。

どれもこれも、読んでいて息苦しくなるような暗いエピソードばかりである。しかし、悲惨な小説というわけでもない。すべて、なぜか、解決に向かうような気もする。その典型が良介の息子の亮一である。亮一はいったんぐれかかり、高校からもドロップアウトしかかるが、幼い頃の友達に会って大学へ入るための勉強を始める。日出子との実に中途半端な関係も同様に救いがない。最後に良介は、亡くなった妻が、子育てが終わればやりたかったという福祉関係の仕事に就こうとする。安月給でも何か人のためになることをやりたい。ここにもこの小説のテーマが隠されていよう。それは、人間の幸福とは何か、という問いである。これについてはこの章の最後にもう一度考えてみたい。

## 二、疑うことと愛すること

この小説を読む読者に息苦しいような気持ちにさせる最大の要因は、あるいは人間同士の絶対的な分かり合えなさにあるのかもしれない。ただしこのような原理的な分かり合えなさについては、人間生活において普段はどこかに隠されている。このことを顕在化させるには、出来事なり仕掛けなり、何らかのきっかけが必要であろう。

例えば、良介に疑いを持たせる日出子のエピソードにおいては、留守番電話がその役割を果たしている。日出子がローマから東京にかけて聞いていた留守番電話という小道具の存在が、良介の盗み聞きという行為を可能にし、疑惑の発生に深く関わる。留守番電話など、今となっては珍しくもないものであろうが、その描かれ方には特定の時代性が見て取れる。作者がこの小道具の役割に殊更に意識的であることは、プッシュ式でないと留守番電話は聴けないが、イタリアの多くの電話がダイヤル式だ、という記述などからもわかる。

良介は、持ってきた八ミリビデオで、たまたま電話をかける指の動きを撮影してしまう。これも今から見れば特定の時代性をまとった設定であろう。後でビデオテープを再生すると、七尾市の実家にかけているはずが、それは〇三から始まる東京の番号なので、良介は番号を控え、あとでそこにかけてみると、市川と名乗る男の声の留守録を促すメッセージが聞こえてくる。さらに次の日、もう一度留守番電話を聞いてみると、日出子の声が吹き込まれていて、パリにいることを告げているので、ローマにいる日出子が嘘をつく理由について考え、良介はよけいに不信感を募らせる。しかし、一度は別れた二人なので、今回の旅行中だけは喧嘩はしないでおこうと、日出子にこのことを敢えて問い質さずにいる。それが事態をさらに悪化させる。

日出子への面当ての気持ちもあってか、スペイン階段に坐ったまま一夜を過ごしたらしい、日本人の若い女性に声をかけるという行動も唐突なもので、良介としてはいいことをしたつもりでも、日出子にすれば実に不可解な行動であろう。後にこれもまた事態を悪化させる要因として働く。すべては悪い方に悪い方に流れていく。

もちろんそこには、「嫉妬」という拭い去りがたい男女の代表的な感情の働きが強く見て取れる。良介は、パオロが生きているかどうかを日出子と賭けた際、生きている勘がすると述べ、以下のように自問自答する。ここにも、「嫉妬」への類推が裏打ちされている。


これまで、自分の勘は当たってきただろうか？　そう考えた瞬間、良介は、日出子と市川という男との関係についての憶測は、たんなる憶測であって、勘ではないのだと気づいた。

憶測と勘とが、どう違うのかを、まとまらない頭で考えながら、

「勘は、いいほうだよ」

と良介は言った。

「賭けようよ」

「いやよ。こんなことで賭けたりするのは」

「パオロが生きてたら、俺の、日出子に対するあらゆる質問に、断じて正直に答えてくれよ」

日出子は、怪訝な面持で、わずかに目を細めて、良介を見つめた。（略）

「私に対するあらゆる質問て、何なの？」


ここでは、まだ良介は市川のことを問い詰めていない。憶測にすぎないという自覚があるからであろう。しか

し、なぜこれを、パオロが生きているかどうかということの賭けにすり替えたのであろうか。憶測と勘とでは思考の関わり方が全く違う。

憶測が生じるためには、嫉妬などその時々の感情が影響を及ぼし、それにより思考が揺れる必要がある。これに対し、勘なるものは、思考以前のものである。良介のパオロが生きているかどうかの判断は、その手持ちの情報の少なさから、勘によるものに過ぎず、嫉妬などの感情とは無関係である。しかし、自らの憶測を、パオロの生死という勘の問題にすり替えることで、自らの感情に基づく憶測を無くすのではなく、勘という確固とした根拠のない、したがって意味のないものへと代えたかったのではないか。

この小説には、この他にも、賭けに匹敵するような偶然についての言葉が見られる。宮本輝文学には、時に、登場人物の、運命なるものの正体をつかみたいという欲望が顔を出したかのような、偶然や運命についての表現が多く見られる。

例えば良介は、ある時、娘の真紀に、「結婚て、自分の運に賭けることなの?」と問われ、以下のように考えている。

——運か……。たしかに、この曖昧にして日常用語化したものが、人間にはついて廻っているな。誰も、その実体を見たことはないが、厳然と結果が知らしめてくれる〈運〉というものを、人間は子供のころから、いやというくらい目にしてきている。(略)

麻雀でも、トランプでも、くじ引きでも、ジャンケンでも、妙に強いやつがいる。腕前とは無関係に、要するに〈引き〉がいいというやつだ。

けれども、そのような〈勝負運〉に強い者が、幸福な人生をおくるかと言えば、どうもそうでもなさそうだ。くじ引きに当たったから幸福になれるわけではない。だが、いずれにしても、持って生まれた運というものは、たしかにある。

運の強さにもいろいろあるが、幸福になるための運が重要なのだ。麻雀やくじ引きに強い運などというものは、弱いよりも強いほうがいいといった程度のものだろう。（略）

――幸福になるための運――。こいつが大切なのだ。いや、考え方を変えてみたらどうだろうか。――不幸にならないための運――

この幸福についての良介の考察は、後に第四節でもう一度検討したいが、良介はここではそれを、日出子との関係に敷衍するのである。

そして、どんなに日出子を女性として気に入っていても、自分の手で幸福にしようという熱気が湧いてこないことを考えた。

自分たちのあいだに足りないものは、きっとそのような熱気なのだろうと良介は思った。すると、なぜか、パオロの両親の陽気で明るい立居振る舞いが甦った。不幸にならないための運を、人はみずからの努力によって培うことができそうな気がしてきたのである。

「障害児」であるパオロの両親については、これも後の第四節において再び触れるが、要するに、「障害児」であるパオロを得たからこそ、明るく牛きることを選び、それが幸福というものへとつながっていると、良介は考えたわけである。

このような前向きな考え方ができるにも拘わらず、一度は猜疑心と嫉妬心に深く囚われていたことも事実である。それほど、猜疑心なるものの存在感と影響力は大きいものである。考え方によれば、そのような猜疑心を与えることも含めて恋愛感情であることは確かなので、これもまた、幸福になるための運の一つ、かもしれないのである。

ローマで恋人に置き去りにされるという、めったに経験できないことを経験したさつきは、ポジターノで、良介に次のように述べる。

「女って、たとえば、何か失敗したとか、自分のやったことが間違ってるって気がついても、絶対にそれを口に出して認めたがらないんですって。ひとこと、心を込めて、素直に謝れば、その場で解決してしまうのに、自分の間違いを、ちゃんと認めようとしない……。そして、そういう特質は、歳を経るごとに強くなる……。これは、母のお友だちが、私に言った言葉なんです。女が、自分の失敗や間違いを認めて、素直に謝れるようになるには、よほどの社会的訓練とか苦労とかを経験するか、それとも五十歳の後半くらいになるしかないって……」

自らの出来事についての反省も含む言葉であろうが、ここにも、女は生まれついてそうであるというような決定論的な判断が認められる。これは業とでも呼ぶべき「特質」である。さつきのこの言葉が真に正しいかどうかは分からない。しかしながら、恋愛という複雑なゲームは、このような「特質」をルールとして設定し、これを乗り越えるという条件を満たした上でしか、例えば幸福という「上がり」に至らないものであるというような説明の仕方をされることが多いのではあるまいか。

## 三、ローマとポジターノの風景

かつて日出子との待ち合わせによく使った渋谷のバーで、良介はマスターから、マドリードのプラド美術館に、この夏、妻と一緒に旅行をしてきた話を聞く。スペインとイタリアへの旅行で、イタリアでは、次のような過ごし方であったとのことである。

「ナポリから車で一時間ほど南へ行ったところにソレントって町がありましてね。昔、〈帰れソレントへ〉って映画があったんですけど、覚えてますか?」（略）

「そうです。あの映画の舞台になるソレントの町で、五日間、女房と一緒に海ばっかり眺めてました」（略）

「（略）イタリアの海の近くってのは、食べ物がおいしいですよ。帰ってから体重計に乗ったら、三キロも太ってましたよ。（略）」

この行程でも、日本人としては、ずいぶんゆっくりとした旅行であろう。マスターはこれに続いて、他の外国人は、一ヵ月近く滞在していることを述べている。イタリアの南は、ナポリもそうであるが、カプリ島やソレント、それから、アマルフィやラヴェッロ、それからこの物語の最も重要な場所であるポジターノなど、イタリアの中でも、バカンスにゆっくりとすごす代表的な場所である。

さて、このソレントやポジターノに、日出子には特別な思い出があった。

「学生生活最後の夏に、友だちとイタリアを旅行したの。その友だちが、このお店のママよ。ミラノからフィレンツェに行って、それからローマ、ナポリ、ソレント、ポジターノ、アマルフィーっていうふうに南に下ったの」

そうして、かつては「安いホテルを捜したり、ユース・ホステルに泊まったり」と貧乏旅行に徹したが、今度は大贅沢旅行をしたいと良介を誘うわけである。そうして、ポジターノについて以下の説明を加えている。

「イタリアのポジターノって町は、海に面した断崖絶壁に民家やホテルがひしめきあってるの。断崖の岩を掘って、そこに家を造ったって感じ。その断崖の一番上のあたりに、一軒だけ、ぽつんと離れて建ってる小さな家があるの。オリーブとレモンの樹に囲まれてるけど、農家じゃないわ。（略）その崖の上に一軒ぽつんと離れてる家に、六歳になる男の子がいたの。もし生きてたら、十九歳になってるわ。その子、精神薄弱児って言ったらいいのかしら、とにかく、数字は一から十までしかかぞえられないし、言葉は、朝晩の挨拶だけしか、ちゃんと言えない。でも、相手が話してることは、ほとんど、わかってると思う。私、その子に逢いたいの」（略）

「あんな体だから、あの男の子は、もう死んだかもしれない……。でも、私、その子に約束したの。もし、私がお金持になったら、きっと、またポジターノに来て、あなたをローマにつれてって、ミケランジェロの壁画を観せてあげる、って」

日出子がポジターノを訪れたく思う理由がこれである。良介にもローマに住む兄伸介に逢いたいという気持ちがあり、この旅行が具体的に計画されることになる。それも日出子が望んだとおり「飛行機は、ファースト・クラスで、泊まるホテルはみんな五つ星」であり、空港からの送迎はすべてリムジンという贅沢なものである。

まず良介の兄と逢うために、ローマを訪れることにする。スペイン広場を見下ろせるホテル・ハスラーというのが二人の最初の宿である。ミラノ経由でローマに入った時、予約したリムジンは着いていなかったのであるが、兄が迎えに来てくれていた。兄の家への途上で、兄は「いま走っているのはトラステーベレ通りだ」と教えてくれたり、「さっき右手に見えてた丘が、カンピドリオの丘だよ。俺のアパートは、もうすぐだ。博物館の近くで、夜は静かなとこなんだ」と紹介してくれたりしている。そして家で良介たちは、兄と一緒に暮らすソフィア・カグノーロと娘のマリアから、トスカーナのワインと生ハム、「マッシュルームをイカのスミであえたソースがかかったスパゲッティー」や「仔羊の背肉のグリル」などで心のこもった歓待を受ける。

その後、先にも書いたとおり、スペイン広場の見えるホテルにチェックインする。「バチカンの、システィーナ礼拝堂」も訪れる。「ミケランジェロの壁画の修復も、かなり終わったらしいの」という言葉も見える。

そうしてローマから飛行機でナポリ空港に向かい、迎えのリムジンで、二人はいよいよポジターノに向かう。途中、ポンペイの遺跡の横も通るが、日出子の要望で素通りする。

運転手は、車が長いトンネルを抜けて、切りたった海沿いの道に出たところで、前方を指差し、

「ソレント」

と言った。海とは反対側の丘陵には、レモンやオレンジの木がはえていた。（略）

山と海のあいだに、色彩に富んだ町が見えた。朱色や肌色の建物が、素朴な形で並んでいて、幾つかの入江には、ヨットが浮かんでいる。ソレントの町は半島の北側であり、半島の南側に、ポジターノの町がある。しかし、ソレントの海の色と、ポジターノの海の色は異なっている。自分は、ポジターノの海のほうが好きだ。ソレントの海よりも、もっと澄んだ緑色だ。（略）

「どこから撮っても、そのまま絵葉書になりそうだな」

良介は、海辺の町を眺めながら言った。しかし、ソレントの町に入ると、そこは、人と車の多い、幾分、下町ふうの賑やかな、おそらく観光客用に仕立てすぎたために俗化したと思われる猥雑さがあった。リムジンは、ソレントの中心街の手前で左に曲がり、オリーブ畑に挟まれた道をのぼった。海沿いに進むと予想していたが、丘陵地帯を抜けるほうが近道で、運転手は、その道を選んだのだった。（略）曲がりくねった丘陵地帯がすぎると、ふいに海沿いの道に出た。たしかに、海の色は変化していた。（略）岩肌がむきだしになり、オリーブの木や刺のある名のわからない木がはえている山側に民家が点在していた。（略）

日出子の言葉どおり、海に面した断崖に、ポジターノの町はあった。断崖に、ホテルや民家がひしめいていた。ハイビスカスとブーゲンビリアは、ソレントの町よりも鮮かな色で咲き、太陽の光も強かった。

こうして二人がたどり着いたホテルは、門こそ道の高さにあるが、海岸の方へとはるかに下ったところに位置し、プライベート・ビーチをもつ、ポジターノに二軒しかない五つ星ホテルであった。ちなみに良介が誘ったさつきは、三ツ星の家族的ないいホテルに泊まっている。

ちなみにさつきは、「バスでソレントの町まで行き、そこから電車に乗り換えて、ポンペイ駅で降りる」という方法で、ポンペイ遺跡も見学している。

南イタリアでも、これらの景色は格別である。小森谷賢二・小森谷慶子『ナポリと南イタリアを歩く』（新潮社、一九九九年一一月、とんぼの本）には、ポジターノについて以下のように書かれている。

色とりどりの建物が、谷間をなす砂浜の両側にへばりつくように建ち、その中ほどにそびえるサンタ・マリア・アッスンタ教会の大きなマヨルカ焼きのクーポラが印象的である。（略）

今は華麗な保養地となり、ゼッフィレッリなど、映画や舞台芸術に係わる人々が別荘をもち、映画スターが休暇を楽しんでいる。また、バレエ・コンクールや室内音楽祭などの催しが行われる芸術の町でもある。

ちなみに同書には、ソレントは、「「トルナ・ア・スッリエント（帰れソレントへ）」と世界中で歌われる民謡の故郷、眼下にナポリ湾の青い海を見渡す崖の上の別荘地である」と書かれ、アマルフィは「渓谷の両側に段状に発達した古い街並みと小さな砂浜、そして突堤に保護された港をもっている」と書かれている。近くのラヴェッロや、青の洞窟で有名な沖に浮かぶカプリ島も加え、今はいずれも世界中の人々から愛されている観光地である。

一方、日本においては、七尾湾が特別の場所として描かれている。良介は、日出子に紹介してもらった、猿山灯台の近くの民宿に、わざわざ東京から呼び出した息子とともに泊まっている。そこは、「半島の北西側。外浦海岸に猿山岬ってのがあって、その少し上になるの」と日出子が説明する場所で、そこからは、「地球が確かに丸いってことが、はっきりわかるわ」とのことである。

この小説においては、七尾の海岸が、ポジターノの海岸と並置される。海岸という場所が、何らかの特別の力を持つようである。そこには、陸に上がった人間の太古の自然への郷愁が残っているためかもしれない。そこには「正直な」という意味で自然な自分へと回帰させる魔法の力が存しているかのようなのである。

では、このように自然に帰ることが、人間にとって幸福なことなのであろうか。

## 四、人間の幸福とは何か

良介と日出子のもどかしい関係は、それぞれが探し求めているものの違いによるすれ違いによってもたらされるものであろう。彼らはお互いいったいどのようにしたいのか。ここに、「幸福」という言葉が関与してくる。

時間は遡るが、イタリア行きを決めた良介と日出子は、〈ゆたか〉というステーキが絶品のレストランへ向かう。そこで、オードブルにフォアグラのパテとスモーク・サーモンを註文すると、ウェイターから、「ショウガとスッポンのゼラチンの部分を細く刻んで、それをゼリー状に固めたもの」を勧められ、それに代える。肉はフィレで二〇〇グラムをオーダーする。失業中とは思えない贅沢ぶりであるが、このような日常的な「贅沢」もまた多く描かれている。シャトー・ラトゥールや一杯数万円のウィスキーを飲んだりもする。ただしこれらが直接的に「幸福」を示すわけでは決してあるまい。

ついでに言えば、ポジターノで良介とさつきが日出子の目を盗んでこっそり食べている総菜屋の食べ物も、値段とは別に実に美味しそうである。

「これは、たぶん、スズキの一種だと思うんです。それを焼いて、一晩、オリーブ油につけ込んだんだと思います。それから、これは、朝鮮アザミとポテトのサラダ、それから、焼きたてのパン。焼きたてだって、お店のご主人が言ってました」

これを聞いて良介は「唾が出てきた」と言うが、読者も同様であろう。朝鮮アザミはこのあたりの名物である。しかしこの二人もまた、決して「幸福」とは言えない状況にある。

この小説が追い求める「幸福」は、なかなか一言では表現しにくいものである。むしろそのいわく言い難いものを、何とかして表そうとしたのが、この小説と言えるかもしれない。

一つ典型的な鍵が存在する。先にも少し触れたが、「精神薄弱児」であるパオロの両親が、「いささか呆気にとられるほどの陽気さ」で振舞うのを見て、良介は次のように推測している。

彼等は、パオロという障害児を育てるために、とにかく、いかなるときにも、楽天的に、陽気に、笑顔を絶やさぬことを、自分たちに課してきたのだと思ったのである。良介は、きっと、そうに違いないと思った。パオロを育てるにあたって、若かった夫婦には、前途は暗く、何もかもが絶望的で、頭をかかえて沈鬱にならざるを得ないときばかりであったことだろう。

けれども、両親の沈鬱さは、パオロの肉体と精神の成長に何の役にもたたないどころか、ほんのわずかな可能性をも絶ち切ってしまう。

夫婦は、そのことに気づいて、自分たちがパオロという息子にしてやれることは、いかなる状況にあっても、笑顔で、明るく、陽気に接することだと決め、そのように努め、やがてその努力が、彼等に本来的な楽天性をもたらし、何もかもを突き抜けたような、真に幸福でありつづける人のような、陽気な笑顔の持ち主にしたのだ。きっと、そうに違いない……。

この推測には、良介の希望や期待も含まれているかもしれない。そしてこれが、最後の「朝の歓び」の理論へと連なっていくわけである。

帰国後の日本でも何度か食事をともにするようになっているさつきを、〈ゆたか〉に招待した際、さつきを前に、良介は、「逢ったり、別れたり、終わったり、始まったり、消えたり、あらわれたり……。人間の縁ての は不思議だな」と語りかける。この言葉に対しさつきは、「生きてるってこと自体が、とても不思議で神秘的なことだと思うんです」と答える。ここから、さつきの朝と夜の理論が開陳される。

「地球に、朝と夜があるみたいに、私たち人間にも朝と夜があるんだなァって、ポジターノで考えたんです」（略）

「生きてるときが朝で、死んでるときが夜っていうふうに」

そして、この難しい議論は、単純な理論に整理されていく。それは、「生きてること自体が、すばらしい……」という、さつきの言葉に代表されるものである。究極的に前向きな考え方と見える。

良介も、同じように考える。

「女房の病気と死は、大変なことだったけど、人間は、どんなことでも、しのいだり、かわしたり、真っ向から受けて動じなかったり、おたおたとうろたえたり、泣いたり、怒ったり、絶望したり……。でも、なんとかなるもんだよ」

良介はこの、「なんとかなるもんだよ」という言葉に最もよく似合う男と言えるのではないか。さらに良介は次のようにも考えている。

けれども、人生に徒労というものは、いっさいないとすれば、この芯のない、あとさきを考えない、責任を捨て去った、野良犬のような数ヵ月にも、なにか、かけがえのない瞬間瞬間のなかで、多くのものを、体中のあちこちのポケットに詰め込んだに違いない。

ただ、いまのところ、それが何であるかに気づかないだけだ。（略）

良介は、結果として良かったのか悪かったかは別にして、このように生きた半年間があったことは、自分の人生において、貴重な仕切り直しだったのだと思った。

誰しもこの考え方ができれば、人生の苦労など、半減するものと思われる。

さらに良介は、以下のようにも思考を進める。

人間の背負った問題の多くは、少しずつ解決していくのではなく、ある一瞬、巨大な壁が一挙に粉砕するように解決するのだなと良介は思った。

日出子と再び七尾にでかけた良介は、かつてさつきの言った言葉とこれを重ねる。これがクライマックスであろう。

――生きているってことは、朝。死んでいるってことは、夜。――

朝は、いつか夜になり、夜は、いつか朝になる。この繰り返しは、想像も及ばない時間と空間のなかで行なわれてきたのだ。

俺の体のなかには、電池もガソリンもゼンマイも入っていない。それなのに、俺は、生きて、笑って、哀しんで、歓んで、考えて、怒って、動くことができる。日出子も、内海も、大垣老人も、兄貴も、兄貴の愛したイタリア人の女も、さつきも、みんな、そうなのだ。みんな、幸福になりたいと思っている。幸福の基準は、それぞれ異なっても、生きているということのなかにすべての基盤はあるのだ。

良介は、そう思うと、また胸の奥にうずきを感じた。生きていることに、これほどの歓びを感じたのは、初めてだった。

これが、「朝の歓び」というタイトルの正体である。考えてみれば、ヒロインの名は日出子であり、正に朝の名を持つ女性であった。

ただし、「朝の歓び」というタイトルは、もう少し拡がりを持つ可能性がある。

この小説が『日本経済新聞』に連載されたことは述べたが、この小説の前日の『日本経済新聞』まで、すなわち一九九一年九月一四日から一九九二年九月一四日まで連載されていた小説は、三浦哲郎の「夜の哀しみ」という作品であった。二つの作品のタイトルが対を為すことは見易い。しかし、二つの作品は、同じく一人の女性をヒロインとして持ちながら、実に明確なる対照を為す。ここで「夜の哀しみ」について詳述することは避けるが、とにかく「夜の哀しみ」のヒロインの生活には救いがない。本人が呼び寄せたものとはいえ、次から次へと不幸の積み重ねが描かれている。朝から『日本経済新聞』を読んだ読者は、一日暗い思いに沈んだのではなかろうか。

宮本輝が、このことに意識的だったかどうかは不明であるが、「朝の歓び」は、これとは好対照である。

エッセイ集『いのちの姿』（集英社、二〇一四年一二月）に収められた、「パニック障害がもたらしたもの」（初出は和久傳発行の雑誌『桑兪』に前篇が二〇一一年六月発行の第八号、後篇が二〇一一年一二月発行の第九号）の末尾に、「パニック障害という病気によって得た多くの宝物」のひとつとして、次のような言葉が見える。

ああ、さらにもうひとつ、悪いことが起こったり、うまくいかない時期がつづいても、それは、思いもかけない「いいこと」が突如として訪れるために必要な前段階だと信じられるようになったのだ。

宮本輝文学の基調には、このような「幸福」観が確固として存在するのである。

# 第一八章　「にぎやかな天地」

## ―滋賀／新宮／枕崎・発酵食品の匂いと味―

## 一、舞台設定と味覚と嗅覚への誘い

宮本輝の「にぎやかな天地」（『読売新聞』二〇〇四年五月一日〜二〇〇五年七月一五日）は、大きく二つの物語が交錯しながら語られていく作品である。一つは、船木聖司が松葉伊志郎という人物に依頼されて造る、発酵食品の豪華本のシークエンス、もう一つは、聖司の祖母が亡くなる際につぶやいた「ヒコイチ」という名前から始まる謎解きの物語である。前者は、内容が積み上げられていく形、後者は、謎解きの形で進んでいく。物語を作り上げるに際し、この二つの原理は典型的で代表的なものと云える。順番に新しい情報が積み上げられていく方法は、最終的な豪華本という明確に提示されたゴールに向かい、着実に進んでいく。一方、謎解きの方は、最初に大きな空白が与えられ、情報が空白を埋める形で進んでいく。好対照の方法ではあるが、どちらも読者の興味をつなぎ止めるのに効果的な語りである。

これら二つの物語をまとめるように、一つの共通項が与えられている。それは、「食べ物」という魅力的な要素である。前者は発酵食品についての豪華本作成のシークエンスであるので、これについては言うまでもないが、後者も、例えば「トースト」というパン店が「ヒコイチ」の謎解きの鍵であるというような形で食べ物が鍵となっている。

おそらくこのことを反映してであろうが、作品の舞台は、阪神間にあってもかなり「美味しい」店の多い場所に設定されている。例えば次のような箇所にそれは示唆されている。

聖司がそう思っていると、播半に呼ばれてやって来たのに、客の都合で不要になったらしい一台のタクシーが空のままUターンした。聖司は、あとさきを考えないまま、そのタクシーを停めた。

美佐緒は甲山森林公園をさらにのぼったところにある喫茶店に行こうと誘った。若いカップルに人気のある喫茶店は、そこからの夜景が評判で、夜の十一時まで営業しているのだという。（略）

車でなければここにやって来ることは不可能だという場所にあって、たしかに阪神間だけでなく、和歌山あたりの灯も見える喫茶店の窓ぎわに席がひとつ空いていた。（略）

そして席についてコーヒーを註文したとき、聖司は、美佐緒が苦楽園口ではなく、甲陽園駅で電車から降りたことにやっと気づいた。

ここに書かれる播半は、残念ながら二〇〇八年には取り壊されてしまったが、この辺りを代表する料亭として有名であった。また、夙川に沿って阪急夙川から苦楽園口を経て甲陽園に到る阪急夙川線は、桜の時期のみならず、フランス料理店や著名なケーキ店などが点在する、実におしゃれな街である。美味しい街という舞台設定が当初よりなされているわけである。

聖司は、今は京都に住んでいるが、この甲陽園に実家がある。実家には、母親と姉が住んでいる。

祖母が死に際してつぶやいた「ヒコイチ」という言葉については、母から、祖母は再婚で母親を生んだが、最初に嫁いだ先は「大前」で、祖母が生前通っていた「トースト」というパン屋の前の店主は、この最初の結婚で祖母が産んだ大前彦市という子どもだったことを聞く。聖司は改めて「トースト」を訪れて、彦市の子の大前道明の妻美佐緒と出会う。道明は長く入院している。引用部分からも推察できるように、さまざまな感情の交換があった後、二人は、お互いに惹かれ合っていく。また、美佐緒から、父親が大切にしていた豪華限定本にあった楽譜のイラストの描き手である滝井野里雄の話を聞く。彼の最後のイラストは美佐緒をモデルとして書かれたものので、この話題から、製本職人である聖司は美佐緒にさらに惹かれる。

一方、聖司は、彦市にも会い、自分の母親が彦市と異父兄妹であることを知らせる。おそらくこの二つの家族は、後に会って交流を深めるものと予想される。

もう一つ、重要なエピソードがある。それは、聖司の父親の死に関するものである。聖司の父は、聖司が生まれる直前に、大阪駅の階段を駆け上がっている際、ひったくりと間違えられて捕まえられ、階段から足を踏み外して転落し亡くなったとのことで、その時間違えて父を死なせてしまった佐久間久継という人物が、責任を感じて三二年間もの長きにわたって、毎月二万円ずつ聖司と姉のために送金していたというものである。ここに登場する家族は、どこも、複雑な過去を背負っていると言えよう。

聖司が製本職人という、一風変わった職業であることと、その周辺の家族関係が微妙に複雑なずれを以て構成されていることが、この作品に独自の色合いを与えている。豪華本を依頼されて造るというのは、ありそうで、なかなかなさそうな設定であろう。また、聖司の家族と、佐久間の家族、また大前の家族との関係は、実に複雑であるが、どれも不幸から始まっているために、その分すべてが幸福な解決へと向かっているとも見える。

我々の日常生活と、実に近い世界に舞台を置きながら、しかし、実に不思議な物語。これが、宮本輝文学の真骨頂でもあり、この作品は、その魅力が遺憾なく発揮されたものと言えよう。

とりわけこの作品においては、嗅覚への訴えの力が強い。例えば、聖司が松葉伊志郎に連れられて、「すし峯」という寿司屋を訪れる場面がある。ここには、いかにも心地よさそうな、木の好い香りが描かれている。

聖司は（略）松葉に勧められるままに、まだ木の香りがするすし峯のカウンター席に坐った。その木の香りは一枚板のぶあついカウンターの匂いではないことは、聖司にはわかる。これまでの幾つかの老舗料亭の取材で、料理屋、とりわけ寿司屋のカウンター用の木に檜や杉は使わないことを知ったからだった。寿司屋のカウンターに最も適した木材はイチョウなのだ。

すし峯の外観は、いかにも京都の古い町家といった感じだったが、店内は、天井も、カウンターのうしろ側に一部屋だけ設けてある座敷の柱にも檜が使われていて、それらはまだ新しかった。

檜や杉の香りは、繊細な料理の前では、自己主張しすぎるのである。そのために、「すし峯」に限らず、老舗料亭など配慮の行き届いた店では、料埋の匂いや味を損ねないために、直接に食べ物を置くカウンターなどには檜や杉を用いない。かといって、木材が用いられないというわけではない。イチョウにも、木の香りは確かにある。一方、客を心地よく招き入れる店の建具には、檜などが好んで用いられる。これらの伝統的な配慮を見るだけで、その店が、料理というものの匂いや味を、微細で大切なものとして殊更に意識しているか否かがよくわかるのである。このことを念押しするかのように、二人は鮨の前にまず、香りを活かした土瓶蒸しを注文している。

敢えて、カウンターの一枚板の匂いがしないことを書くことで、香りに敏感にさせられる。このような場面が描かれることには、読者へのことさらのメッセージを感じ取ることができよう。すなわち、文字の間に漂うあらゆる匂いを意識的に嗅ぎ取ってほしいというものである。

## 二、発酵食品の匂い

先にも書いたとおり、「にぎやかな天地」は、主人公である船木聖司が、松葉伊志郎という人物に依頼されて、発酵食品の豪華本を作成することを一つの主なシークエンスとして含み込む物語である。食べ物に関わるこの設定から、作品には多くの美味なる食品や、それに関わる小道具が登場する。発酵食品はその花形であり、そこには、必然的に、発酵という現象に伴うそれぞれ独特なる匂いがまとわりついている。

物語は、聖司の祖母の死から語り始められるが、そこには祖母が三十年間丹精込めた「糠床」が腐敗するという、いわば殉死したかのような物の死についても書かれている。その木桶だけを聖司は受け継ぐことになる。古い木桶に鼻を近づけて嗅いでみると、「染み込んだ糠の匂いは予想していたよりも薄く、酸っぱい匂いのほうが強く鼻をついた」。聖司は次第にこの桶の糠床が持つ魅力にとりつかれていくわけであるが、それが木桶であるせいで、密閉性がなく、マンションでは「部屋中が匂う」ことになる、実に厄介な存在でもある。

聖司は、松葉伊志郎に、自分はこの祖母に発酵食品で育てられたようなものだとも語っている。

「糠漬、納豆、くさや、熟鮓、酒、酢、味噌、醤油、鰹節。どれもみんな発酵食品だ。発酵菌なんてものの存在を知らなかった大昔から、人類は偶然と経験と知恵と工夫とで、こんなすばらしいものを作りつづけてきたんだ。（略）船木さんは、くさやとか熟鮓なんか食べられるかい？」

松葉の問いに、

「ぼくは、チーズと納豆と、おばあちゃんが作ってくれる漬物で育ったようなもんなんです。くさやも熟鮓も平気どころか大好きです。おばあちゃんは、しょっちゅうへしこを焼いてくれました」

と答えた。

この会話の背景には、これら食品を好まない人がたくさんいることが前提にされている。その原因の最たるものは、おそらく、これらの臭いへの抵抗感であろう。くさやや納豆は、その臭いのために忌避されると考えるのが当然であろう。

これらがすべて発酵食品であることを考えると、発酵食品の特徴は、その臭いの特殊性によって認識されるものとまずもって云えよう。

ちなみに聖司が赤ん坊の時、離乳食として祖母が食べさせたチーズは、「エメンタル・チーズ」で、「かなり濃厚で匂いも強い」ものであった。ただし聖司の造る豪華本は、松葉の希望で、「日本伝統の発酵食品」に限られることになり、チーズは除外される。

やがて、聖司とその仲間たちの本造りのための本格的な取材が開始される。一番目の対象は、和歌山県新宮市の東宝茶屋で作られている、「三十年物のサンマの熟鮓」である。それは、「やや褐色味を帯びたヨーグルト状のもの」で、「味も、かなり酸っぱいヨーグルトといった感じで、サンマの魚臭さも飯の名残りなども消えてしまって」いるようなものである。これは、あくまで「本来の紀州の熟鮓を製造する過程で付随的に作られるもの」で、「東宝茶屋の熟鮓を求める客の多くは、一年物、二年物、三年物あたりを目当てに」しているとのことである。当然と言えば当然であろう。

本造りの仲間の一人である写真家の桐原は、聖司に「やっぱり臭いか?」と聞いているが、これに対し聖司は「俺は臭いとは思わんかったなァ。サンマに包まれてる飯は、普通のご飯とお粥の中間くらいの軟らかさで、一年物はあっさりしてるし、二年物はそれよりちょっと酸っぱくなってて、三年物はさらにそれより酸っぱい……そんな感じやなァ。サンマの身そのものも、生よりも生臭さが消えて、うま味が増してるような気がしたで」と答えている。

この「東宝茶屋」のサンマの熟鮓については、小泉武夫の『くさいはうまい』（毎日新聞社、二〇〇三年七月）の第一章「滋養たっぷり物語」（初出『毎日ライフ』一九九五年二月～一九九七年一〇月および『毎日新聞』二〇〇一年四月三日～二〇〇二年三月二九日に加筆・再構成）にも、以下のとおり取り上げられている。

新宮市に東宝茶屋という料亭があり、ここには「食の化石」あるいは「食の世界遺産」とでも表現したいほどの珍味中の珍味があります。リンマの熟鮓を三十年も寝かせた「本熟」がそれで、粥状に溶けたサンマや飯があたかもヨーグルトのような様相と風味を呈しています。私はこれを初めて口にした時、熟鮓の素晴らしさの原点に触れたような思いで感動したものでした。ご主人の松原郁生さんは紀州熟鮓の名人で、サンマ熟鮓を大きな壺に仕込んで、それを長年寝かせていますが、そこには悠久の時間を通り過ぎてきた、熟成し切った本熟がひっそりと息づいていて、実に感動的でありました。

このように、著名なものではあるが、想像するだけではなかなかその味は伝わらない。臭いこともさほど伝わらないであろう。実際に味わうしかないという事実だけが伝わるかもしれない。

聖司たちは同じ和歌山県の湯浅町にある「角長」という醤油屋にも向かっている。醤油もまた、「仕込み蔵全体にこびりつくぶあつい酵母」により発酵する、立派な発酵食品であることはいうまでもない。

ここで聖司は、「角長」の六代目主人から、「濁り醤」なるものを紹介される。火入れをしていない生の醤油で、酵素も乳酸菌も酵母も、壜の中で生き続けているため、「香りのええ、じつにこくのある醤油」となるとのことである。

次に、聖司たちは鹿児島県枕崎市の「丸久鰹節店」に向かう。本枯れ節造りの行程を見学した際、その焙乾室では、「大きさや、品質の等級に分類された鰹の身の「薫製」が、芳しい匂いを放って、黴つけと天日干しの繰り返し作業を待っている」のを見、さらに、徹底した乾燥のために順に黴をつける部屋に案内される。一番黴の部屋から、順に黴のついた鰹節を見せてもらっている。四番黴の部屋には、「鰹節の濃厚な匂いが充満」している。想像するだけで、いい香りである。これは、我々が鰹節のいい香りを少しは知っているからで、類推可能だからである。

さらに、滋賀県高島町の「喜多品」に鮒鮓の取材に訪れる。午前中の撮影が終わり、鮒鮓の茶漬を食べたとき、「身も骨も卵もほぐれて、さほど濃厚ではないが、よく熟成された良質のチーズに似た香りが立ち昇る」のを聖司たちは体験する。

この鮒鮓については、聖司の姉涼子が、当初「あんな臭いもん、私は死んでも食べへん」と言っていたものが、「喜多品」のものをお茶漬にして食べたら、美味しかったという話が紹介され、聖司も、「喜多品が作る鮒鮓は、たしかに発酵によってもたらされる独特の匂いはあるが、それは香味といっていいもので、味も深いまろやかさがあった」と回想していた。

これらのとおり、この作品は、旨い発酵食品を、その作り手の具体的な固有名詞と共に書き込むというスタイルを採る。そのために一種のガイドブックやカタログの役割をも果たしている。そうして、読者がそれらをよく知っている場合には、殊更に強く想像力が喚起され五感が再現されるが、全く知らないものについては記号として伝わるだけという、読書の二つの典型的な伝達が行われることになる。当然ながら、前者には、読者に対する、読書行為における積極的な参加への強い勧誘があるものと見ることもできよう。

その一方で、この固有名詞を用いる手法は、一見すると何気ない方法ではあるが、実際には現実世界と虚構作品の境界を融かすもので、作中要素のリアリティーは確保されるが、それらに関わる虚構の設定を封じてしまうという制約をも持ち込むことにもなる。固有名詞であることを意識もされないほど著名な地名や老舗などはともかく、或る特定の店や品物の丁寧な紹介は、ストーリーの中断を余儀なくすることにもなる。事実、この小説においても、物語のもう一つの中心であるところの西宮のパン店「トースト」については、架空のものとして設定されているために、想像は自由であるが、他の店については、それが虚構作品中の存在でありながら、存在感が作品から乖離し、読者が虚構の世界に土足で踏み込むことを可能にする。敢えて言うならば、小説の中でしか不可能な味などが、我々にも共有可能であることで、これらの店や品物の特別性が薄れる可能性がある、ということである。

特に、想像を絶する臭い、などについては、それが雲の彼方にある方が、小説の効果としては、上げやすいかもしれない。

先に見た小泉は、同じ「滋養たっぷり物語」において、魚介の発酵食品の代表を「熟鮓」としている。

魚介類を細菌や酵母で発酵させた発酵食品は多種にわたりますが、その代表は何といっても「熟鮓」でありましょう。熟鮓は魚介を飯とともに重しで圧し、長い日数をかけ、乳酸菌を主体とした微生物で発酵させたもので、近江（滋賀県）の鮒鮓や紀州（和歌山県）のサンマの熟鮓に代表される、とにかくにおいの強烈なあの「くせもの」たちのことであります。（略）

熟鮓の代表格である近江の鮒鮓の場合、（略）肝心のあの強烈な臭みは発酵の初期から中期にかけて出てきます。何と申しましても、発酵して作る鮓にあの臭みがないと物足りませんからねえ。

熟鮓に代表されるように、動物性の発酵食品は、やはりよけいに臭うような気もする。確かに納豆も臭いが、腐敗を連想させる発酵臭の強さは、動物性のものの方に軍配が上がるのではないか。

これまで見たとおり、それぞれの発酵食品は、常に、その味の特徴の大部分を、臭いの特徴に負っていた。しかもそれは、好い香りとは言い難いものばかりである。ある食品が、どこにでもある味ではなく、より深い、個性的な味を持つためには、特別な性質を伴わせる必要があるのであろう。発酵食品の強烈な臭いは、このような味の洗練の過程に関わっているものと見える。発酵食品とは、とりもなおさず、自然に一番近い加工食品である。そしてその加工の主な工程は、多くの場合、特別の臭いをつけることに費やされる。

好い香りの食品が美味しいのでは、当たり前である。その通常の美味に飽きた時、別の次元の味を、人は求めたものと想像できる。当初は好い香りとは思えない臭いが、その独特の個性によって、次第に人を捉え、擒にし、離れにくくする要素として機能するようになる。日本の伝統食品のうち、納豆やくさや、熟鮓などの臭いと味は、このような食の文化の総体を抱え込んだ味なのであろう。いきなりこの文化に触れた人には、これらはあるいは受け容れがたいものかもしれない。しかしこれら特徴的な食品の背景に、通常の日本の食品とその進化の過程を想像する人間には、発酵食品の臭みに対する抵抗感も軽減されるものと思われる。あるいは、むしろこちらの方を好むように、嗜好を転換させることも可能となる。そこには、好みの正負の基準の揺らぎが認められる。

あまり臭わない食べ物は、その臭いの効用についての思考も生じさせない。反対に、臭みが極端であればあるほど、その食品は食べる人を選び、食べた人にも、その臭いと味との関係について、考察を強制する。当初は食べることのできなかった人も、やがてそれらを食べ続けることによって、嗜好の転換を体験することもあろう。いずれにしても、これらの臭いは、我々の味に対する文化的な慣習の存在と、その度合いを教えてくれる。

食事が栄養摂取のための本能的行為ではなく、そこから成長し、文化的な楽しみの一つともなっているのであれば、その食品に対する思考は、食事の楽しみを構成する重要な要件である。臭いは、それを意識させるような特別のものであればあるほど、食の楽しみを十二分に享受するための窓口となるのである。

## 三、「くさいはうまい」の価値観

「にぎやかな天地」は、発行食品の臭みとうま味という、相反するような要素をいわば止揚するような高度な総合芸術を小説に取り込み、読者に伝えようとした作品と言える。そこには、食べ物の表現が一般的には難しいという実情もあるかもしれない。ただ美味しいと連呼するばかりでは、読者は何も伝わらない。そこで、いわばショック療法のように、臭いけれども美味しいという、逆説的な方法で印象づけたものなのである。

もちろん、「にぎやかな天地」には、このような臭い食べ物ばかりが登場するわけではない。先にも触れた西宮のパン店からは、焼きたてのパンのいい香りが漂ってくる。

ただ、このように、作中のよい匂いにも、より敏感になるために、読者には刺激が必要だったと考えられるわけである。

思うに人間は、原始には、食べ物を口に入れる前に、まず匂いを嗅ぐことが本能的な行動であった。なぜなら、それが毒であるかどうかは、生死に関わる大問題だからである。それより前にか、ほぼ同時に、それを目で見て判断を下す。その際、この視覚的な判断が、既に味や匂いに影響を与えているかもしれない。見た瞬間、不味いという先入観が出来上がる場合もある。それは、それまでの経験からもたらされる、食べる前の食事、とでもいえよう。

反対に、美味しかった経験のある食べ物についてはまず好感から入るので、余計に美味しく感じるかもしれない。つまり、やはり、味というものには、その記憶が大きく関わる。記憶と匂いの関係が深いことは、多くの文献が示すところである。

とにかく臭いものでありながら、なおかつ実に魅力的であるという両義性は、本能的なものと思われた匂いが、結果的には、本能から実に遠いところに位置することを意味するものと思われる。なぜなら、第一印象で臭いと思い、敬遠しようとしたものが、慣れるにしたがって病みつきになるのであれば、嗅覚の情報選択機能は、いわば無化されたと判断せざるを得ないからである。最終的には、臭くても魅力的であることが優先されるのである。もし本当に、発酵食品が身体に良いものであるならば、腐敗と区別するべく、最初から好い匂いを発散させなければ、本能的な弁別力は機能しないであろう。

ここで、匂いに関して、いいものと悪いものという二項対立がいかに無意味なものであるのかが明らかとなる。ある匂いに、絶対的な、好悪や良悪の区別は当てはまらないようなのである。匂いとは、原理的に相対的な基準の中にあるか、あるいは複雑な関数的基準の中にある。

このような価値観は、少し飛躍するが、人間関係においてもあてはまるのではないか。嫌いだ嫌いだと思っていた人が、実は一番気になっていた人で、その人と結果的には結婚するなどという話はよく聞く。「ヴェクトルよりヴォルテージ」という言葉もこれに類したものであろう。例えば政治的信条において、右翼の人間と左翼の人間が対立するのは当たり前であるが、本質的な対立はそこにはなく、より強く思想を信じているか、いないか、にあるというものである。

我々の感情を揺さぶる存在は、いい香りでも悪い香りでもよいのである。無臭よりはましなのである。「にぎやかな天地」の聖司が何度も問いかけるのは、いかに「濃く」生きるかの問題であり、それは極端に云えばいい香りでも悪い香りでも構わない。個性が際立っていることは、小説の登場人物にとって必須の条件である。人間が「生きる」ということは、こういうことなのかもしれない。どのように生きても、いつかは死ぬが、どのように生きたかが、生を証明してくれる。

思えばこの作品の冒頭には、示唆的に次のように書かれていた。

死というものは、生のひとつの形なのだ。この宇宙に死はひとつもない。きのう死んだ祖母も、道ばたのふたつに割れた石ころも、海岸で朽ちている流木も、砂漠の砂つぶも、落ち葉も、畑の土も、おととし日盛りの公園で拾ってなぜかいまも窓辺に置いたままの干からびた蟬の死骸も、その在り様を言葉にすれば「死」というしかないだけなのだ。それらはことごとく「生」がその現われ方を変えたにすぎない。

また、美佐緒がモデルとなった画家滝井野里雄の残した手書きの楽譜を一冊にした豪華本の末尾には、ラテン語である文章が書かれていた。これをかつて出版した大門重夫は、その日本語訳を大学教授に尋ねて覚えていたが、五行のうちの四行目だけ記憶から喪ってしまっていた。この話を聞いた聖司は、その四行目を、以下のように予想するのである。

私は死を怖がらない人間になることを願いつづけた。だが、そのような人間にはついになれなかった。きっと私に、最も重要なことを学ぶ機会が与えられなかったからだ。死というものは、生のひとつの形なのだということを。ならば、私は不死であるはずだ（傍線引用者）

これらには共通して、死が、生の一つの形であることが書かれている。あたかも、死んだ時、生が刻印され、そこにどのように生きたかが確定されるかのように。作中に書かれる豪華な本もまた、その生の形を示すものなのかもしれない。佐久間は、三二年間、お金を送り続けるという生を、自分の死の後に皆に知られている。人の生き方、人はどのように生きるべきなのか。このようなテーマが、この作品には通底していたのである。

# 第一九章

## 「骸骨ビルの庭」

——十三・食堂の味と三つの時間——

## 一、土地と時間

宮本輝「骸骨ビルの庭」（『群像』二〇〇六年六月～二〇〇九年二月、断続連載。二〇〇九年六月に講談社から刊行）には、主に三つの時間が設定されている。一つ目は、前書きに当たる部分に示された、日記の著者八木沢省三郎の現在時。冒頭近くに「私は還暦まであと一年という年齢に達しました」とあり、日記には「私は昭和二十二年生まれの四十七歳」とあるので、一九九四年から一二年後、およそ二〇〇六年あたりの時間である。読者の立場に立てば、連載時、すなわち二〇〇九年まで含めてもよいかもしれない。すなわち、この小説の連載時二〇〇六年から二〇〇九年である。二つ目は、それから一二年ほど以前に、この八木沢が「骸骨ビル」で暮らした三ヶ月余りの期間、すなわち、日記の日付でいうならば、「平成六年二月二十日」から「平成六年五月三十一日」まで、すなわち、一九九四年という時代である。そしてもう一つが、いわゆる「戦後」、つまりこの小説のもう一人の主人公といえる阿部轍正が、「骸骨ビル」で暮らし始めた一九四九年から、一九六〇年くらいまでの時代である。

これらの三つの時間の重層と、日記形式であること、さらには、主要な登場人物の思い出話が、八木沢の聞書として挿入されていることとが、外形としてこの物語を形成しているために、この小説は、他の小説とはやや異なる印象を読者に与えている。これがこの小説の時間的側面における特徴である。

一九九四年と二〇〇九年の一五年間では、さほど距離感がないようにも思えるが、それを見越したかのように、作者は実に興味深い挿話を挿入している。それは、携帯電話の普及についてである。「平成六年」すなわち一九九四年の「四月十四日」の八木沢の日記には、菊田の幸ちゃんから尋ねられて、次のように答える場面がある。

「（略）ぼくが勤めていた会社も携帯電話の製造に本腰を入れてます。もうかなり小型の、ポケットに入るくらいのが出来てますよ」

と私は言い、携帯電話全体のシステムについて知っていることを説明した。もう二、三年もすれば、一般家庭にも携帯電話が普及することは間違いない、と。

このとおり、一九九四年は、携帯電話の爆発的な普及の前夜である。ちなみに、総務省のホームページの情報通信統計データベース（http://www.soumu.go.jp/johotsusintokei/new/index.html）に掲げられた、「携帯電話・PHSの加入契約数の推移」によると、一九九四年度末の携帯電話・PHSの普及率は、合計三・五パーセントであるのに対し、二〇〇九年度末では、合計九一・〇パーセントとなっている。

阪神・淡路大震災は、一九九五年一月一七日の出来事である。おそらく作者はこのことも意識していたのであろう。いわゆるバブル経済が崩壊したのも、諸説があるが、概ねこの時期に当たる。要するに、特に阪神間の土地においては、一九九四年と作中の現在時である二〇〇六年から二〇〇九年あたりとでは、大きな時間的な隔たりがある。それは、ある意味では、戦前と戦後ほどの相違と言っても過言ではあるまい。この小説において、作中時間の一つが一九九四年に設定されたことは、偶然のことでは決してないのである。

一方、この小説は、東京から単身赴任でやってきた「ヤギショウ」こと八木沢省三郎という男を日記の書き手として持ち、大阪という土地を外側の人間が語るという設定を持つ。その上で、「骸骨ビル」が存在する十三という、大阪でもやや特別な土地の風土を詳しく描く。十三は常に発展し続けているキタやミナミ、天王寺などのような大阪を代表する都市ではないが、その分、戦後の大阪の雰囲気を色濃く残す街でもある。作中にも、冒頭近くに、八木沢の友人の言葉として「大阪のジュウソウ？　いかにも大阪だなァって感じのとこだぜ」と書き込まれている。この小説には、他にも、大阪を中心に数多くの固有名が登場するが、この十三という街を一貫して物語の中心に据えた点に、最大の特徴を認めることができる。というのも、大阪の街を描く小説や、近代の大阪の街を研究する歴史書は数多くあるが、十三に触れられることは、意外に少ないからである。

十三は、梅田にも近く、大阪の一部でありながら、淀川を渡った先にあり、阪神間の入り口でもある。阪神・淡路大震災の際には被災した土地でもある。本章は、この、いわば大阪の周縁に位置しながら、「いかにも」大阪らしいとされる土地を、三つの時間を設定した上で、殊更に描くことの意味を、大阪の食べ物文化との関連から探るものである。

## 二、野菜作りの困難と成果

「骸骨ビル」こと杉山ビルについては、作中において、以下のように解説されている。

建てられたのは昭和十六年十月。(略)戦後すぐに、占領軍は焼け野原となった大阪の街で奇跡的に残ったビルで使えそうなものを選別して接収し、自分たちのさまざまな任務遂行のため利用したが、杉山ビルも当初そのひとつで、損傷を受けた箇所を修理し、ビル内の下水道も整備しなおされたが何等かの事情で使われることはなかった……。(略)

大阪市内の、昭和二十年一月三日に始まった米軍による空襲は、七回の大空襲を含めて計三十三回に及んだというが、この「杉山ビルヂング」という銘板はまったく損傷を受けなかったのであろう。

解説はこの後も少し続くが、語り手である八木沢が昭和二二年生まれであることも併せて記述され、この物語の舞台が戦後に限られることは明らかである。ここから、この物語は、歴史から切り離され、独自の物語を進展させていく。この骸骨ビルの例は、大阪の焼跡の実情からも、戦災孤児の一般的な動向からも、かなり遠い。極めて独自性の強い戦後風景が、そこには繰り広げられている。その一つの代表が、街なかの庭における野菜作りであろう。

戦後の食糧難の中、阿部轍正と茂木泰造は、子供たちに食べさせるために、庭を野菜畑にする。この小説のタイトルが、「骸骨ビルの庭」とされるとおり、この庭の野菜畑が、この小説の一つの中心である。

野菜作りは、想像以上に困難を極めた。「夏には、芋もニンジンも大根もナスビも、腹一杯食べられるなァ」と始められた野菜作りであったが、土作りから始めなければならず、肥料を入手するために、馬糞を集め、鶏糞や野菜の屑もまぜ、堆肥を作るのであるが、これにはすさまじい悪臭が伴う。また、ミミズを集める必要もある。さらに、堆肥の蠅はもちろん、肝腎の野菜につくヨトウムシや根切り虫などの害虫を駆除しなければならない。そうやって苦労しても、最初の頃は、「へたの棘ばっかりが一人前の、おとなの親指くらいの大きさ」のナスビや、「芋の形をしてるもんなんかどこにもあれへん」というようなさつま芋しかできない。しかしながら、その一方で、子供たちは、この野菜作りの苦労を通して、いろいろなことを学び、成長していく。いわば、この庭は、子供たちの学校でもある。

やがて、野菜の収穫も軌道に乗る。さらには、それらが、他に代えられないほど美味しいものになっていく。一九九四年四月二〇日、岩田さんという近所の人が訪ねてくるが、このかつての野菜畑に、八木沢がもう一度種を蒔いたことを知り、次のように思い出を語る。

「春夏秋冬、その時期その時期の野菜をなァ。いまから思たらありがたいことやった。旬の野菜を口にさせてもらえたんやから。ねじ曲がった不格好な胡瓜のうまさなんて、もういまでは味わうことでけへん。スーパーで売ってるのは形はきれいやけど、野菜の強さがない。籠のなかで生まれ育った鳥みたいなもんや」

ここには、戦後と一九九四年現在との、皮肉な対比が語られている。戦後の食糧難に比べ、確かに一九九四年の生活は豊かになり、食べ物も簡単に手に入るようになったが、便利さと引き換えに、野菜の本来の旨さは失われてしまった。ここには、現代の豊かさが、真の豊かさなのかという問いかけが込められている。

曲がった胡瓜が美味しいというのは、あまりに常套的な譬喩ではあるが、概ね、この骸骨ビルで育った子供たちに当てはめることができよう。骸骨ビルの庭とは、野菜を作る場所であり、また、子供たちを育てる場所でもある。そこには二重性が見て取れる。茂木という苗字は、名詮自性にも思えてくる。育ったものは、本来枯れる危機に瀕していた命なのである。

## 三、「みなと食堂」のメニューとレシピ

八木沢の日記には、実に詳細に、食事をした場所や食べたものが書き込まれている。これは、言うまでもなく、一九九四年時点の、すなわち、日記執筆当時の食事風景である。しかしながら、そこには、小説の時間の重層性と、十三という土地柄から、もう少し懐かしい時代のそれであると混乱する読者も多いのではなかろうか。

骸骨ビルで育った戦災孤児たちの中でも、姉的存在である、湊比呂子が、十三の商店街で経営する「みなと食堂」のメニューと、それ以外に彼女が作る料理とをまず通覧しておきたい。

八木沢は、骸骨ビルで育った熊田英人から、「みなと食堂」を次のように紹介されている。

「ここをまっすぐ行って、広い道を渡ったら、商店街に入ります。（略）商店街の真ん中に、もうひとつ商店街が線路に沿うようにして北に伸びてます。そのはずれに『みなと』っちゅう食堂がありますねん。そこは安うて、おいしいですよ。ごく普通の家庭料理ですけど、そこのママさんは人工調味料っちゅうのが大嫌

いでね。味噌汁にしても煮物に使うだしにしても、全部、昆布と鰹節と煮干しから取ってるんです。『みなと』のママも杉山ビルで阿部さんに育ててもろた、ぼくらの姉弟ですねん」

この段階では、八木沢はまだ「杉山ビル」こと骸骨ビルの住人や関係者に心を開いていないが、やがて八木沢はこの「みなと食堂」に通うことになる。湊比呂子自身は、自分の店の料理について、以下のように語っている。

ご覧のとおりの素人料理。きょうは、イワシの梅煮定食とロールキャベツ定食、それに鶏もも肉のワイン煮込み定食がメインですけど、一品料理は和中洋の何でもあり。ハンバーグ、カツレツ、麻婆豆腐、酢豚、八宝菜、豚の角煮、上湯スープ、鯖の味噌煮、甘鯛《ぐじ》の塩焼き、肉じゃが、イカと平目の刺身、湯豆腐、牛蒡とレンコンのキンピラ、昆布とシイタケの煮つけ、ケンチン汁……。

まあこういうもんが、うちの人気メニューです。

ほんまは私はパスタ料理が得意なんですけど、それはメニューには入れてません。

このとおり、実にオーソドックスなメニューばかりである。このうち、実際に八木沢が食べたメニューは、以下のようなものである。

二月二二日……「ロールキャベツ定食」

二月二三日……「ひじきの煮物、ポテトサラダ、茄子と挽き肉の煮物、鯵の南蛮漬……。客が自分で小鉢に入れて食べて、一鉢どれも二百円。（改行）私は鯵の南蛮漬とひじきの煮物、それに味噌汁とご飯の小を食べて七百五十円也。」

三月三日……「牡蠣のしぐれ煮、トマトとオニオンとキャベツのサラダ、アサリの味噌汁、ご飯小一膳。」

三月四日……「夜、「みなと食堂」で、地鶏の手羽先の燻製を勧められた。マヨネーズとオイスターソースを混ぜ合わせたタレで食べるのだという。一皿に手羽先が七つ入っている。じつにうまい。ホーレン草のおひたし、大根と人参の味噌汁、ご飯小一膳。」

三月五日……「鯖の味噌煮定食」

三月一二日……「ランチ定食は二種類だけで、「和風ハンバーグ定食」と「煮魚定食」だった。（略）私は「和風ハンバーグ定食」を注文してテーブル席に坐った。」

三月二二日……「夜、みなと食堂でビール一本と大皿に盛ってある一品料理を四種、豆腐と薄揚げの味噌汁、ご飯の「中」を食べる。」

三月二五日……「日本酒一合を飲み、カキフライ定食を食べる。」

三月二八日……「きょうは月に一度の「豚肉のポトフの日」だという。（略）湊比呂子の作ったポトフは、なんと滋味に満ちた名品であったことか。」

四月一日……「「本日のランチ定食」と書かれた黒板を指差した。「酢豚定食」と「トンカツ定食」、それに「イワシの梅煮定食」の三品だった。（改行）私は「イワシの梅煮定食」を注文した。」

四月一〇日……「私は今夜は鰆の西京焼きとヒジキの煮物、ワカメと豆腐の味噌汁、ご飯小。」

四月一四日……「茄子の煮びたし、イワシの梅煮、身欠きにしんの昆布巻、ご飯小。」

四月一六日……「肉じゃが定食」

四月二〇日……「今夜の定食は豚肉の生姜焼きと鰹のたたき定食だが、どっちにするかと訊いた。豚肉の生姜焼き定食には中華風白菜スープ、鰹のたたき定食にはあさりの味噌汁が付くという。（改行）私は鰹のたたき定食を選び、生姜焼き定食に添えるキャベツを刻むのを手伝った。」

四月二五日……「今夜はカウンターに並べてある大皿料理のなかから、鰺の南蛮漬、茄子の煮びたし、牛蒡とピーマンのきんぴらを選ぶ。それとご飯小。」

五月一日（四月二七日）……「四日前の夜、みなと食堂に行ったら「本日はオムレツ・デー」と入口に貼り紙があり、子供づれ客で満員だった。（略）客は四種類のオムレツからひとつを選べる。プレーン・オムレツ。マッシュルーム・オムレツ。チーズ・オムレツ。じゃがいもとたまねぎのオムレツ。どれにもマグカップ入りの野菜スープとパンかご飯、それにサラダが付いて八百円。（改行）子供はオムライスが好きなので、白いご飯の代わりにケチャップで炒めたチキンライスも用意してあった。」

五月二日……「昼前、みなと食堂にキャベツを刻みに行き、「しらすのかき揚げ丼」を食べる。メニューにはないのだが、獲れたてのしらすを和歌山の知人に冷凍して送ってもらったのでと湊比呂子が特別に作ってくれたのだ。」

五月一八日……「夜、みなと食堂でキャベツを刻んだあと、湊比呂子が私のために作ってくれたアクアパッツァとスパゲッティー・ペペロンチーノをご馳走になる。アクアパッツァには鯛と鱈、ミニトマトと黄ピーマンとズッキーニ。」

五月二二日……「牡蠣と鰯のフライ定食」

引用がかなり長くなったが、どれも実にオーソドックスな料理ばかりである。特に定食と名付けられているものはすべて、日本の食堂文化を代表すると言ってよいような定番料理である。しかしながら、では食堂における定番料理とは、どのようなものを謂うのかというと、定義は実に曖昧であることに気づく。「みなと食堂」は、和食も中華も洋食も出すが、例えばハンバーグ定食やカキフライ定食は、おそらくご飯とともに供されるであろうから、厳密に言えば、洋食とも言い切れず、既にかなりの程度、日本の家庭料理となっていることは、カレーライスやオムライスと同様であろう。逆に、日本の家庭において、鯖の味噌煮やイワシの梅煮、ヒジキの煮物などが出されることは少なくなっているのではなかろうか。

一九九四年の同じ時期に、ベターホーム協会が出していた『月刊ベターホーム』という料理雑誌に掲げられた料理は、「みなと食堂」のものより、かなりヴァラエティに富んでいる。例えば、作中時間と同じ、一九九四年三月号の「きょうの食卓」欄には、メインだけでも、「小あじの南蛮漬け」「牛ヒレ肉の中国風いため」「シーフードフリッター」が扱われている。これらは、家庭料理として提案されているものである。同様に、一九九四年四月号の「きょうの食卓」には、「おさしみサラダ」「えびとにんにくの芽のピリ辛いため」「ゆで豚とキャベツのからしソース」「新ごぼうととうふのキッシュ」、一九九四年五月号の同欄には、「いかとピーマンのいためもの」「かき揚げ2種」「とり肉と新じゃがの蒸し煮」「なまりと焼きどうふの煮もの」といった具合である。この他、例えば四月号の特集は、「15分以内で作るフライパン料理」で、「ハッシュドブラウンポテト」「かんたんブロシェット」「生揚げと野菜のいためもの」「とり肉の鍋照り」「あじのチーズ風味ムニエル」「薄切りみそカツ」「牛肉ロール」「じゃこライス」である。もちろん、これらは時代を先取りしようとする料理学校のメニューであり、一般的とは言えないが、それでも「みなと食堂」のメニューが、当時の料理の現状をそのまま写したものとも言えまい。むしろ、敢えてオーソドックスさを強調したメニューと見えるほどである。

「みなと食堂」が出す、やや懐かしいとも思える定番料理には、日本の食文化の雑種化の進展がもたらした、食卓風景の複雑な事情が顔を出している。日本においては、洋食も中華料理も、家庭に入ると同時に日本化され、やや別の料理に変貌している。その一方で、比較的手のかかる和の家庭料理は、むしろ食堂などで味わう方が手軽で旨いとされるようになっているのである。「みなと食堂」のメニューの豊富さは、この双方を取り込んだ故のものである。ここには、日本人が、本格的なレストランや料亭に求めるものとは別の文化が認められる。そこには、もちろん経済的な理由もあろうが、ただそれだけでもないようなのである。食堂に求められるものは、家庭料理の上等な代替であり、日常から大幅には脱しない程度の贅沢なのである。一流のレストランや料亭で出されるものとは別の、安くて「うまいもん」を求める嗜好は、このような食堂文化を育む。大阪の食い倒れ文化の正体の一つは、このような嗜好に支えられたものである。所謂「よそ行き」の料理ではなく、家で食べるような料理であるが、旨いもの、それが、食堂で供されるべき料理の真髄なのである。

湊比呂子は、「骸骨ビル」の面々のためにも、時に腕をふるう。例えば、大型トレーラーの運転手のトシ坊が宇和島港で積み込んだ、「体長四十センチの天然の真鯛」を、ディナーパーティーのために用意した際には、次のような具合である。

鯛の切り身を焼く香ばしいタレの匂いが調理場に満ち、ラップで覆われた大皿には三枚におろした鯛の片身が刺身用に切られて盛られていた。

「こんなに立派な天然物は、私の手には負えません」

湊比呂子は笑いながら言って、冷蔵庫から別の大皿を出した。見事に縦に割られた鯛の頭と、あえて身を少し付けてさばかれた背骨が載っていた。（略）

湊比呂子は、乾燥させた山椒の実とパセリの茎を鍋に入れ、そこに水を注いでから、なし割りした鯛の頭も入れてガスの火をつけた。

沸騰したら灰汁を取り、弱火に変えて三十分煮るのだという。ナナちゃんのための鯛のスープパスタ用だ。私が灰汁を取っているあいだ、湊比呂子は鯛めしのための鯛に丹念に刷毛でタレを塗りつづけた。ご飯もタレを入れて炊き、炊きあがった熱いご飯に鯛の身をほぐして混ぜ、木の芽をまぶして出来上がりだという。

湊比呂子は、この刺身と鯛めしをメインに、鯛しゃぶと潮汁をメニューとして提案する。これは、比呂子の作るものの中では、最も上等の、ハレの料理の一つであることは予想されるが、その鯛めしは、料亭などで出すような、もとから米と炊くような鯛めしではない。いわば、簡易料理法で作られるものである。

また、茂木泰造のためにも、「鯖の味噌煮込み」や「クリームコロッケ」、「厚揚げの炊いたの」、「鶏のつくね汁」など、いろいろな料理を差し入れているが、これも、店の残り物である可能性は高い。

怪我をした八木沢のために差し入れた「ビーフカツサンド」は、食べやすさを考慮したものであろうが、ビーフカツは、再利用したものかもしれない。もちろんここで、これらを以て料理の質が落ちることを言いたいのではない。むしろ、そのようなものであるからこそ、それぞれの場面にふさわしい料理であることを指摘したいのである。料理自体が最上級のものでなくとも、そこに注がれる愛情や思いやりが、料理を支えているということがわかるからである。

湊比呂子の料理とは、日本の食堂文化を代表する料理である。それは、和食や中華、洋食などであって、同時にそうでないもの、既に雑種化された、紛れもない食堂料理である。また、家庭料理であって家庭料理を超える料理である。しかしそれは、決してレストランや料亭の料理を目指すものではない。この、一流半の、セミプロの雑種料理が、「みなと食堂」のメニューであり、そこをひいきにする客たちの求める料理である。

これらの性格が、大阪の食い倒れ文化と響き合うのである。

## 四、大阪の食べ物文化

では、大阪の食い倒れ文化とはどのようなものか。朝日新聞社編『大阪人』（朝日新聞社、一九六四年一〇月）という大阪らしさを様々な角度から描いた書がある。ここには、「その暮しと考え方」として、「味覚」の項も立てられている。「久やん」という人物が、大阪人の典型として、語られている。

久やんの、ある日の献立。
朝は冷飯につけ物の茶づけ。忙しい日には、食べないときもある。その代り、昼は腹一ぱい食べる。ただし、きつねうどんとめし。仕事の途中でかき込む。夜は、おちょうし一本にアジの塩焼。汁物がつけば上々だ。（略）
家では、あまり〝上等〟のものは食べないのである。だから、月に一度か二度、外出して、うまいもんを猛烈に食べる。（略）
「そういや、うちのヤツもデパートへ買物にゆくと、必ず食堂へ行きますな。娘かて、あいびきのときはコーヒかも知らんが、友だち同士やひとりのときはびっくりぜんざいとか、かちんうどん（モチ入りうどん）を食べてますわ」。（略）
長男の話――「若いときは大阪の料理はきらいやった。醤油をかけたカマボコより、マヨネーズをつけたソーセージ。木の芽あえよりはハムサラダ。その方がずっと栄養もあるし……。ところが、近ごろでは、どろくさい大阪の味が懐しゅうなりましたわ。家庭料理だけでなく、大阪の料理にはそんな〝おふくろの味〟がしますなあ」

ここに描かれている料理はかなり時代が遡るが、「みなと食堂」が守っている味は、このような懐かしいものではなかろうか。「みなと食堂」は、大阪の戦後と一九九四年とを繋ぐ通路のように思えるのである。
もちろん、八木沢は、「みなと食堂」でばかり食事をしているわけではない。まず、同じ十三の商店街においては、うどん屋の「松野屋」にも通い、「きつねうどん」を食べている。この「きつねうどん」については、「大阪のきつねうどんは、かくも美味なるものであったかと食べるたびに感嘆」する。確かに、大阪は「うどん」文化圏の代表的存在の一つであり、とりわけ「きつねうどん」は定番である。しかし、八木沢は「隣のテーブルの客が食べていたニシン蕎麦がうまそうだったので、あさっての昼は断じてこれだと決める」とも書いている。大久保恒次『上方たべもの散歩』（知性社、一九五九年一〇月）の「きつねうどん」の項には、藤沢桓夫の文章が紹介された後、次のように書かれている。

藤沢さんはまたこうも書いていられる。『うどん、汁、油揚げ、それに薬味の生葱の渾然と融け合って生れる味が、上方風に所謂まったりとして、それでいて決してあくどくなく、何んとも言えず捨て難い』と。本当にその通りで、大阪人が好きで、そして自慢もする全く家常茶飯に喰い込んでいるきつねうどんである。うどんの上に、うす揚げ豆腐の煮込んだのがのせてあるだけの、何の変哲もないきつねうどん。上方ではどこにでもある。

また、これに加えて、現在とも違う情報も、大久保は付け加えている。

ただし此の油あげどもは、多くは魚油で揚げたものと御承知ありたい。その魚油も近ごろはだんだん良くなって、いささかの匂いもせぬようにはなったが、ひと頃はいかにも魚の匂いがしたものだ。しかし鯨は上方でよく馴染んだ食べ物ゆえ、異臭どころか、魅力となったくらいで、此の頃のきつねうどんは、少し味がうすくなったのでないか？　と言う人さえあるくらいゆえ、関西へ来られたら大いに食べてもらいたいものだ。

このとおり、うどんは、関西を代表する食べ物であり、とりわけきつねうどんは、大阪の名物でもある。大久保が紹介する藤沢桓夫の文章にも、「東京の町にそば屋が多いように、大阪の町にはうどん屋が多い」と、概ね蕎麦とうどんは、東西の代表的な麺類のように扱われる。

ただし、ニシン蕎麦は、京都の冬の代表的な食べ物でもあるので、うどんと蕎麦とは、単純に東西の二項対立で切り分けられるものでないことをもまた言うまでもない。同じ大久保恒次『上方たべもの散歩』には、「にしんそば」の項目が立てられ、次のように書かれている。

さらさらした汁かけ蕎麦の上に、干し鰊の甘煮がのせてある——ときいたら、関東の人はいささか呆れるらしいが、鰊も食べなれるとまんざらではない。（略）

今では、冷凍をもどした鰊のなまが、関西にもあらわれるが、昔からナマ身欠き鰊を関西人はさかんに食べていた。よくかわいたのを、米のとぎ汁に漬けて、身が軟かくもどったところを甘煮にする。京・大阪の商家では、使用人の惣菜にしばしば使ったもので、つましい食生活における動物性食品として、重宝な物であった。明治の中ごろ、北の方からの輸送が発達し、肥料としても使いきれず、関西の倉庫にこの身欠き鰊が充満したことがあって、縁日や夜店の屋台店で、もどしたのをカバ焼にして売った時があり、タレの焦げる煙と匂いとが、道ゆく人の食欲をさそったものである。肥料とは紙一重の干鰊は、こうして関西人になじんでしまった。

ちなみに大久保は、京都の「松葉」と大阪の「新花菱」の名を、鰊料理の店として挙げている。

作中の十三商店街には、食べ物屋ばかりではなく、もちろんいろいろな店がある。例えば、「漬物だけでも二十数種類、味噌が十種類ほど並べて」ある漬物店では、八木沢は「産地直送本場の松前漬け」に目をやっているし、その斜め向かいには「自慢の自家焙煎」のコーヒー専門店がある。かつての日本中の商店街で見られたような何気ない描写であるが、これは、一九九四年の時点から、二〇〇九年までの一五年間ほどで、かなり減ったであろう風景でもある。

ある時八木沢は、ナナちゃんと木下のマコちゃんと「神崎川の畔にあるゴルフ練習場」で練習したあと、この十三商店街で、「ねぎ焼き」もご馳走になっている。

八木沢は、十三から橋を渡ってすぐの梅田にもよく出かけている。四月一〇日には、「地下街のトンカツ屋でフィレカツ定食を食べ」ているし、四月一六日には、「お初天神」と呼ばれる、曾根崎の露天神社の近くで、蕎麦も食べている。


名物の「夕霧そば」はうまかった。徳島産の柚子を蕎麦に練り込んであるらしいが、繊細な味と香りも細麺の喉ごしもすばらしい。サラリーマンの昼食としては少し値段が高いが、この「夕霧そば」を食べるために遠くから足を運ぶ人が多いというのもわかる。


これは、大阪では特に有名な「瓢亭」の夕霧そばを指すのであろう。

また、チャッピーがよりによって親代わりの阿部轍正の敵とも言える桐田夏美と一緒に住んでいることを知った日にも、八木沢は、腹の中で「あほんだら」と大阪弁で言い、「曾根崎お初天神通り商店街にある大きな居酒屋」で、生ビールとともに、「かんぱちの刺身と冷や奴」を食べている。

また、ある日、茂木を囲んで、「骸骨ビル」で育った何人かが、道頓堀で「フグ鍋」を囲んだこともある。このふぐ料理もまた、下関などの産地とは別の意味で、大阪を代表する食べ物である。「づぼらや」も新世界店のみならず道頓堀店も有名である。

雑草抜きを手伝ってくれたトシ坊に、お礼代わりに、心斎橋の「老舗の精肉店が店の二階に造ったレストラン」に「いい焼き加減のステーキ」を食べに出かけてもいる。ここは、トシ坊が、阿部轍正に連れて行ってもらって、

「生まれて初めてサーロイン・ステーキを食べた店」とのことである。精肉店がすき焼き店を出しているのは、東京浅草の「ちんや」などの例と同じく、関西においても常套のスタイルと言えよう。これも大久保恒次の『上方たべもの散歩』から「牛肉」の項を引くと、以下のとおりである。

大阪には前かた南地法善寺かいわいに、森田という牛肉スキ焼屋があり、ずばぬけてうまかったのは、おやじ自ら包丁をとって肉をさばいていたからだ。今日では道頓堀の播重が、いつも良い肉を持っていて二階でスキ焼もさせる。京都では三条寺町の三島亭がよろしい。神戸は竹中郁さんにきいたらスキ焼ならば山三ツ輪また新築した有馬道の三ツ輪牛肉を買うのなら大井精肉店と森谷精肉店がよろしかろうと教えて下さった。上方でも神戸の肉は、ずばぬけていいとしている。

このとおり、この時代の関西においても、牛肉はご馳走の代表であったようである。これらの料理名や固有名を通覧しても、そもそも変化より継続性が土地柄を伝える以上、懐かしさの源泉として、大阪らしさを作り上げているものが、大阪の食べ物文化の不変性であることがわかる。

## 五、大阪らしさとは何か

冒頭にも書いたとおり、八木沢は東京の人間として設定されている。彼にとって、大阪は異国の地であり、その異国性は、さまざまな形で八木沢の生活に入り込んでくる。

まず、言葉について、八木沢は敏感である。これを習得することは、大阪という土地に深く入り込むことでもある。ある時、慣れない左ハンドルの車を運転して明石まで茂木泰造を迎えに行くことになった八木沢は、トラックとぶつかりそうになる。

「なにさらしとんねん。ちゃっちゃと行きんかい！」

とトラックの運転手に怒鳴られて、私がその罵声を小声で真似していると、イントネーションがまったくなっていないとナナちゃんが笑いながら言った。

「なにさらしとんねん、て言うときはねェ、出だしの『なん』は低いのよ。『さらし』で高くして、『とんねん』とトーンを下げるの。『さらし』の『ら』は、思いっきり巻き舌よ」

ナナちゃんのレクチャーで、本物の大阪弁にかなり近づいたが「ら」を巻き舌で言うのは難しかった。何度も繰り返して言っているうちに、ダミ声になって、香具師の口上に似てしまった。

このとおり、八木沢は、大阪弁を話そうとしている。また、マコちゃんこと木下誠が、「人聞きの悪いこと言いないな」と言った言葉について、「言いないな……。初めて耳にする大阪弁だ」と認識している。また、日記の中に、「仕事に関わることになると、どうして市田の峰ちゃんは途端に標準語になるのか。内容が内容だけに、大阪弁だと真摯な話題も真摯でなくなるからだろうか」とも書いている。大阪弁に、真摯さに関わる何かを感じ取っているようである。石野という男が現れ、茂木に、「じゃかっしわい、大きなお世話じゃ」と罵声を浴びせるのを見た際も、「「じゃかっしわい」とはたぶん大阪弁で「やかましいわい」ということであろう」などと考えている。とにかく大阪弁に過敏なほどに反応するのである。

しかし、東京からやってきた八木沢が、なぜこのような大阪弁を真似しようとしているのであろうか。ここには、八木沢という人間の、大阪への同化願望が見て取れる。

その鍵の一つは、八木沢が、料理が好きな人間であるという点である。八木沢は、自らの得意料理を、ナナちゃんに次のように語っている。

野菜の澄みスープ、ニンジンのポタージュ、魚のアラから取ったスープ……。とりわけ、一羽の丸鶏から取ったスープを応用する料理は少々自慢できる。

丸鶏を各関節ごとに切り、骨ごと鍋で半日ことことと煮る。浮いた脂は何重にも重ねたさらし綿で漉して完全に取り除く。そしてそのスープを小分けにして容器に入れて冷凍しておく。夜、それを解凍し、塩と胡椒で味を調え、耐熱容器に入れ、フランスパンを一センチ程の厚さに切り、三、四枚をスープにひたして冷蔵庫に入れておく。朝起きると、（略）スープを吸ったフランスパンの上に粉チーズを振り、オーブントースターで十分ほど焼く。（略）

「この丸鶏のスープを使った肉団子と春雨の中華鍋は、ぜひご馳走したいですねェ」

このとおり、玄人はだしの料理である。後には、「みなと食堂」の湊比呂子に、「牡蠣のしぐれ煮」と「鯖の味噌煮」の作り方を教えてくれないかと頼みこんでいる。比呂子も八木沢の腕を認め、後には、「スペイン風のオムレツ」の作り方を伝授している。「ジャーマンポテト」も習った。

八木沢は、オムレツとスープの店を開くということまで考え始めている。これを最初十三でと考え、それを妻に告げて手ひどく反対を受けても、今度は東京で店を持つことを考えるのである。これは、単に料理に趣味を持つというような段階を超え、自らの属性の一つとして、料理を職業に選ぶ性質を示していると言えよう。この、料理との親近性が、食い倒れの街とされる大阪への親近性へと翻訳されるのである。

もう一つ、作中には、料理と場所との関係を示す、興味深い記述が見える。土地柄との相性についてである。前述の「みなと食堂」の「オムレツ・デー」で、湊比呂子は、百二十個のオムレツを焼き続けたのであるが、その際、「自分はじつはオムレツ専門店を開こうと思っていたのだ」「しかし、ここに手頃な店をみつけたころは、十三という土地柄とオムレツとはあまりにもかけはなれている気がして、家庭料理の店としてスタートせざるを得なかった」と八木沢に語っている。事実、「みなと食堂」を開店した十年前には、「メニューのなかに「オムレツ定食」も加えてあったのだが、一日にふたりか三人の註文しかなくて、やはり土地柄ゆえかと、メニューから外してしまった」とのことである。

この土地柄の問題は、証明しにくい厄介な問題である。なぜ十三にオムレツは似合わないのか。このことを厳密に証明することは不可能であろう。しかしながら、ここには、固有名が持つ、表現のからくりが関わっていることは確かであろう。「十三」というシニフィアンに結びつけられるシニフィエには、十三の外形的説明のみならず、この、オムレツが似合わないという性質もまた含まれるはずだからである。

おそらく、宮本輝が十三を小説の舞台に選び、その街の雰囲気を執拗に描き込んだことの理由の一つとして、この十三の持つ土地柄に代表される、定量的には表現できない大阪らしさの描写への願望があったのであろう。

## 六、命への讃歌と食への讃歌

講談社から刊行された『骸骨ビルの庭』の上巻の帯には、「すべての日本人が忘れられない記憶。」と書かれ、下巻のそれには、「心の奥底から溢れ出す人間への讃歌！」と書かれている。しかしながら、この小説が扱ったのは、大阪でも、キタやミナミ、天王寺ほども知られていない、十三という街である。「すべての日本人」が知る場所ではない。しかし、ここにも固有名のからくりがある。固有の土地でありながら、キタやミナミでない、いわばどこにもありそうな、置き換え可能な繁華街だからこそ、共感できる要素を抽出することができ、懐かしさも感じることができるのではないか。これは、十三の特別性と相反するものではあるが、同時に、二重の作用を及ぼすものと見える。固有でありながら普遍的なのである。それを可能にしてくれているのが、「みなと食堂」の料理に代表される「食」の記憶なのではないだろうか。

では、「人間への讃歌」とは何か。

この小説には、「食べ物」が嗜好の対象としてだけではなく、生命と結びつけて書かれている。骸骨ビルの庭で育てられる野菜がそうであるし、骸骨ビルの子供たちの記憶の中に残る食事風景もそうである。八木沢は、日記にその日食べたものをできるだけ書く。食べたことは、その日生きた記録となる。

この「食」の要素を物語の中心に据えることで、この小説は、ただ生きることの当たり前の大切さ、すなわち命の大切さを描くことに成功しているといえよう。大阪は、食べることという、命に近い要素を、より端的に、てらいなく表面に持ち出してくる土地柄である。このことが食い倒れ文化の特質の一つであろう。

戦災孤児の問題は、社会的な問題として扱ったとしても、法律の類の整備を急いだとしても、結局のところ、本人たちにとっては、「食えない」ことに集約される問題である。一方、そのような時代を生きた人が、一定程度豊かになった時代において、そのことをじっくりと実感させてくれるものもまた、食べることである。この食べることの重要な意義を、大阪を舞台に描くことは、いわば当然の道筋といえよう。

# 第二〇章　「田園発　港行き自転車」

## ——富山・再会の物語——

## 一、縁・偶然・運命

宮本輝の「田園発　港行き自転車」(『北日本新聞』二〇一二年一月一日〜二〇一四年一一月二日、毎週日曜日に連載)は、やや特異な読後感を読者に与える小説である。単行本『田園発　港行き自転車』(集英社、二〇一五年四月)の帯には、「絵本作家として活躍する賀川真帆。真帆の父は十五年前、「出張で九州に行く」と言い置いたまま、富山で病死を遂げていた。父はなぜ家族に内緒で、何のゆかりもないはずの富山へ向かったのか――。」と書かれている。この父の死の謎かけから始まるこの小説は、しかしながらこの父娘の物語に収斂していくのではなく、そこから半径を拡げるように、人物関係を複雑化させていく。富山と東京と京都を舞台に、偶然の出来事がいくつか重なっていく。真帆の父直樹には富山に夏目海歩子という京都にいた頃から続く愛人がいて、彼女に会いに出かけて病死したという謎解きが語られても、物語はそこからさらに謎を深めていく。直樹が亡くなった時、海歩子のお腹には、後に佑樹と名付けられる男の子が宿っていた。海歩子は一人で産み、育てる決意をする。

幼稚園児だった佑樹が「かがわまほせんせい」にファンレターを送り、その手紙に対する返事が届いた……。約十年前に、そのようなことが起こっていた。「やさしいおうち」という絵本を描いている人が、賀川直樹の娘だということを、きょうまで海歩子は知らなかった。

――ぼくのことをすきですか。かがわまほせんせい、ぼくのことをすきになってくださいね。――

――わたしは、ゆうきくんをだいすきになりました。――

なんというやりとりであろう。人間の世界には、こんな奇跡に似たことがあちこちでしょっちゅう起こっているのかもしれない。人間はそれに気づかないだけなのではないのか……。

このとおり、何人かの登場人物たちが、縁によって突然繋がっていく。ストーリー展開において、論理的で必然的な要素の繋がりを殊更にプロットと呼ぶことがあるが、「田園発　港行き自転車」は、本来結びつくはずもないような出来事が続いて起き、結びつくはずもないような人間が結びつけられていくような構成となっている。つまり、いくつかの場面が偶然結びついて、一つのシークエンスを構成し、それぞれのシークエンスもまた、偶然に結びつけられて、一つの物語を作り上げているのである。

富山出身で、東京の会社に就職しながら東京の生活に馴染めず、富山に帰っていく脇田千春。千春の上司である川辺康平は、その送別会の夜、「ルーシェ」というバーで飲み直す。その時、賀川真帆も、友達と食事をしていた。

それだけではなく、昨夜の「ルーシェ」という初めて入ったバーでは奇妙なことがあった。偶然の重なりと片づけてしまうにはどうにも割り切れないのだ。

バーのマスターと、彼とおない歳くらいの五十前後の客との会話は、ときおり断片的に聞こえて来たが、自転車の話題とともに、入善町、黒部川、魚津港、滑川、旧北陸街道という地名が出たので少し心臓が絞られるような心持ちになったのに、愛本橋の名をはっきりと耳にしたときは、真帆は二の腕に鳥肌が立つのを感じた。

このような偶然がいくつもこの小説には用意されている。バーのマスターである日吉京介にも、富山との繋がりがあったことが後に明らかになる。

日吉は五年前、富山の魚津に出かけたことがあったが、その旅の十日前に、四十歳になる妻のお腹の子の染色体検査の結果が出て、ダウン症であることがわかった。産むべきか産まざるべきかを考えながら富山に出かけ、さまざまに悩んだ末、いったん中絶という結論を出す。その後、偶然立ち寄った図書館で、V・E・フランクルの「それでも人生にイエスと言う」という本をたまたま手に取り、「横っつらを張られた」ようになってしまう。そして妻に電話をかける。

俺は、（略）お前はどうしたいのか正直に言えと促した。
「産みたい。産んで育てていきたい」
と妻は泣きながら答えた。
「よし。俺たちは親としてできる限りのことをしよう。何があっても愚痴は言わないぞ。俺たちのなかからは、落胆と絶望という言葉は消すぞ。いいな、俺たちは産むと決めたんだからな」
と俺は大声で言った。凩と霰の音で妻の声は聞こえなかった。

このシークエンスにも明らかであるが、宮本輝の語る物語の断片は、必ずしも明るい話題ではない。むしろ悲しいものばかりと言っても過言ではない。しかし、それなのに、その多くのシークエンスは、読者を暗い気分に落とし込ませるようなものではない。

このような縁や偶然と必然、運命や宿命というものを用いた小説の作り方に関して、宮本輝自身が、『田園発　港行き自転車』の「あとがき」に次のように書いている。黒部川の堤に立った時のことである。

あ、ここだと思った瞬間、「田園発　港行き自転車」という小説が動きだしたのです。

なにがどう動きだしたのかを言葉で説明することはできません。（略）わたしは螺旋というかたちにも強く惹かれます。多くのもののなかに螺旋状の仕組みがあるのは自然科学において解明されつつありますが、それが人間のつながりにおいても、有り得ないような出会いや驚愕するような偶然をもたらすことに途轍もない神秘性を感じるのです。

ここに書かれた言葉は、宮本輝の小説作法の秘鑰《ひやく》と言ってよいであろう。別々のシークエンスを偶然であるかのように作中で出会わせることで、人生の偶然を小説の必然とすること、これこそが、彼の小説の一つの方法なのである。

## 二、五感が捉える富山という「ふるさと」

この小説は、二〇歳の脇田千春が、東京の会社を辞めることになった際の、長い挨拶の紹介から始まる。千春はここで、「ふるさと」である富山の魅力を、聞き手がうんざりするほど執拗に語る。そこには、「ふるさと」が次のように描写されている。

――私は自分のふるさとが好きだ。ふるさとは私の誇りだ。何の取り柄もない二十歳の女の私が自慢できることといえば、あんなに美しいふるさとで生まれ育ったということだけなのだ。

私は、いちにちに一回は、心のなかで富山湾を背にして黒部川の上流に向かって立ち、深い峡谷がそこで終わって扇状の豊かな田園地帯が始まるところに架けられた愛本橋の赤いアーチを思い描く。（略）

そんな私が背を向けているのは、おおまかには富山湾だが、正確には富山県下新川郡入善町の入善漁港と

いう小さな漁港ということになる。その入善漁港の南西の目と鼻の先に、黒部川の清流が輝きながら海へと注ぎ込んでいる。（略）

黒部川の左右に拡がる広大な田園地帯は、昔から黒部川扇状地と呼ばれた。ひろげた扇の形をしているからだ。

その扇の要となる地点に赤い愛本橋があって、そこからきれいな形で扇はひらかれていき、富山湾までひろがっていくのだ。愛本橋から山間部へ入ると、すぐに宇奈月温泉郷があり、峡谷はさらに深くなり、黒部峡谷へとつながって行く。

これほどまでの手放しの絶賛はやはり稀というべきであろう。また、退社の挨拶にしては不似合いなことも確かであろう。

また、次のような地理的な記述も見える。

「富山七大河川」と呼ばれていて、西から小矢部川、庄川、神通川、常願寺川、早月川、片貝川、黒部川という七つの大きな川が北アルプスの峰々から流れてくる。

そのうちの常願寺川と早月川と片貝川、それに黒部川が立山連峰を源としている。それより西側の小矢部川が白山山地、庄川、神通川は飛驒山地が源なのだ……。

これほどの詳細な説明は不要とも思える。ここを真帆と自転車で訪れた多美子は、ガイドブックの文章だとして、「ひとつの川を渡るごとに文化も方言もちょっとずつ違うそうやねん」と紹介している。

ここで、宮本輝の読者ならば、「螢川」（『文芸展望』一九七七年一〇月）を思い浮かべるであろう。主人公の竜夫が、母千代と案内人の銀蔵が付いてはいたが、英子と螢の乱舞を見に行く場面である。螢川とは、いたち川と呼ばれる川を指す。この川については、銀蔵が以下のように説明している。

「滑川っちゅうところの手前に、常願寺川っちゅう川が流れとるちゃ。神通川よりちょっと細い川じゃが、おんなじように富山湾に流れ込んどるがや。その常願寺川の上流が立山に繋がっとるのよ。いたち川は常願寺川の支流でのお、それでこの川にも、春から夏にかけて立山の雪解け水がたっぷり混じっとるがや」

常願寺川の名が、三五年の月日を経て、再び読者の前に現れたのである。作者のデビュー期以来の川への思い入れの強さを改めて感じ取ることができる。川をたどることに、譬喩的な意味合いを見て取ることも、強ち無理な読書方法ではなかろう。

もう一つ、この小説には象徴的な場所がある。愛本橋である。ここで見る景色が、ゴッホの「星月夜」に重ねられ、さらに印象深く読者に訴えかけてくる。

これが「星月夜」に描かれた糸杉だとすれば、どの場所に立てば、より糸杉に見えるのであろう。（略）
「あっちに出ないと、ゴッホの『星月夜』にはならないのよ」（略）
「ここよ。この場所よ。絶対にここよ。私がいま立ってるところ。ここに、お父さんも立って『星月夜』を見たのよ」

このような絵と似た場所を探す行為は、柄谷行人が「風景の発見」（『季刊芸術』一九七八年七月）において指摘する近代的な風景の眺め方の典型を、極めて具体的に示すものであろう。そこでは、場所より先に場面を切り取る枠組が存在している。我々読者もこの真帆たちの行動に誘導されて、初めての場所を見に行くというより、既に想像したとおりの場所を再発見しに出かけるわけである。

真帆は父直樹が、若かった真帆につぶやいた言葉を覚えていた。


「あるところに行ったら、このゴッホの『星月夜』にそっくりの夜に出逢えるぞ」

と父がそっと話しかけてきた。

「どこ? オランダかフランスのいなか?」

「アイモト……」

「えっ? アイモト? どこなの?」

よく聞き取れなかったのでそう言って見つめ返すと、父は視線を真帆から外し、しばらく考え込んで、

「いや、べつにどこってわけじゃないんだ。月が皓々と出て、星がちらばってたら、そこがどこだろうと『星月夜』だ。これはゴッホの心のなかの『星月夜』なんだ」

と言って微笑んだ。


この後、「九州の宮崎県でゴルフをすると言って出かけて行った父は、富山県のＪＲ滑川駅の改札口で心筋梗塞で倒れて、病院に運ばれたときには死亡していた」のである。

この父の死の謎解きの物語が、「愛本橋」という場所とそこに展開する景色を探す物語へと変換されるのである。因縁の土地は、そこに行けば何かが分かるような気にさせる。推理仕立ての物語への誘いと、土地の探訪への誘いが、類比関係を作り上げ、読者を相乗的に牽引するわけである。

この富山の「ふるさと」としての魅力は、東京との比較という補助線を用いても繰り返し述べられている。

例えば、川辺康平は、脇田千春の送別会のあと、「ルーシェ」というビストロ・バーに一人やってきて、次のように考えている。

俺が暮らしている東京という大都市には、無用な光と色彩が溢れかえっていて、自分の視界には動かないものなどひとつもない。

光や色だけではない。音も匂いも、人間の五感の許容能力をはるかに超えている。

眼、耳、鼻、舌、身が五感で、そこに「意」を加えて六感となるそうだが、五感の許容能力を超えたところでは「意」も疲れ果ててもちこたえられなくなるのは理の当然だ……。

これは、眼精疲労を患う康平が、「両方の目の奥の鈍痛」に耐えているためばかりではなく、東京という街の属性をも示そうとしたもののようである。

また、脇田千春は、高校生の時、ある日突然、富山の天気に嫌悪を抱いたことがあった。

子供のころから慣れ親しんできた富山独特の気候なのに、千春は自分という女の特徴のない地味でのろまな性分は、すべてこの変わりやすい天気によって育まれたにちがいないという気がしたのだ。

そうして、東京に出たのだが、そこで富山という「ふるさと」の良さを改めて知らされることになる。

しかし、東京での生活が始まると、すぐに千春は自分の生まれ育ったふるさとが、どんなに美しいところであったかを知った。

東京には空がない、と言った人がいるという。都会は石の墓場です、人の住むところではありません、と言った人もいるそうだ。

本当にそのとおりだ。空は汚れ、巨大なビル群は私の心を押しつぶしそうで、片時も休みなく騒音が響き、眩暈がしそうなほどの極彩色の光が押し寄せてくる。ここには健全な明暗がないのだ。

雪をかぶった立山連峰や、そこから西へと延々とつらなる北アルプスの峰々をふいに明るくさせたり暗くさせる厚い雲は、黒部川流域の広大な田園のなかの小さな虫一匹にまで恩恵を与えていたのだ。

そのありがたさを私は知らなかったのだ。

ここには、天候を通じて、人の性格にまで影響を及ぼす土地の作用が語られている。東京生まれの人間には全く失礼な断定ではあろうが、相対的に富山の良さが顕彰されるのである。

単行本の「あとがき」で、宮本輝は、この都会と「ふるさと」との対比を以下のように書いている。

大都会のすさまじい雑踏のなかに放り込まれると、わたしはほとんど自己防衛のように広大な田園を思い浮かべて心の均衡を保とうとしてしまう癖があります。

そんなときには、人間と風土がいかに密接に連関しあっているかを否応なく思い知らされるのです。

といっても、わたしは都会生まれの都会育ちで、美しい山河に囲まれた地をふるさととはしていません。

にもかかわらず、わたしのなかには、わたしだけの田園があるのです。

そしてこの「ふるさと」の幻影を「切望」してきたというのである。このような、心のなかの「ふるさと」の存在と、それへの憧れは、宮本輝に限らず、また、都会育ちか田舎育ちかを問わず、すべての人に共通するものではなかろうか。

このような「人間と風土」の連関が、宮本輝が場所を丁寧に描写する理由の最大のものであろう。人間は、心に普遍的な「ふるさと」を持って、現在を仮の場所で仮に生きている。だからこそ、どんな宿命に巡り逢っても、それを受け止め、それを切り抜けていくことができる。なぜなら、それは、仮のものだからである。人間にとって、風土の存在とは、そのような生き方の指針を与えてくれるような意味を持つものなのではなかろうか。少なくとも宮本輝の描く風土には、そのような人を前向きにさせる意味合いが込められているものと考えられるのである。

## 三、京都というもう一つの舞台

この小説には、富山のみならず、京都も実に詳細に描かれている。例えば、真帆がクララ社を訪れる際の描写は、以下のようなものである。

京都駅からバスで堀川通を北へ上がり、京都の中心部を東西に延びる御池通と交差するところで降りると、真帆は少し南へと戻って一方通行の細い道を東へと曲がった。（略）

ここは民家であろうと思い、古いべんがら格子の向こうのガラス窓からなかを覗くと、喫茶店であったり、足袋専門の店であったり、香具店であったり、和装小物を扱う店であったりする。

蕎麦屋、せいぜい四、五台しか入らない有料駐車場、茶道具店、洋菓子店、若者向けのカジュアル・ウェア店、古いレコード盤専門店、古道具屋、ブティック、居酒屋、歯科や内科の医院、念珠店、美容院、法衣店、ピアスとネックレスだけを置いているアクセサリー店、陶磁器店、写真館、扇子店、和紙製品の卸屋、

革製品専門店、京菓子店……。（略）

東のほうには御池通に面して京都で一、二を争う高級旅館が細道をあいだにして向かい合っているし、そこからさらに東へと歩けば本能寺がある。

京都市営地下鉄烏丸線の北大路駅と京都駅間の開業は一九八一年なので、この時にはとうの昔に地下鉄があるはずであるが、作者はそれより西の堀川通から、地下鉄が通る烏丸通を越え、おそらく柊家と俵屋旅館を指すと思われる麩屋町をも通り抜け、河原町通に面する本能寺まで、東側を見晴かしている。もちろん、京都の碁盤の目のような街並みを描写するのは地上を歩かなければならない。

地上をゆっくり歩いて初めて分かる風情もある。それは、その街の音や匂い、光や温度などとともに、歩く人が感じとるものである。これを再現することが困難であることは想像するに容易い。同じ京都でも、独特の風情を持つ花街については特にそうであろう。

この小説は、この京都の花街の一つである宮川町が舞台に選ばれている。

「南座の横の大和大路通から、ぶらぶらと歩いて来て、宮川町のお茶屋が見えて、『こなか』の格子戸と格子窓、太い竹で造った犬矢来、白地に赤い三つ輪を染め抜いた提灯を見たとき、ああ、京都の魔窟に帰って来たなァと、なんか万感胸に迫るっちゅう気分やったわ」

これは、北田茂生が「十五年と三ヵ月」も借りっぱなしにしていた金を返しに甲本雪子の「小松」にやってきたときの感想である。

その風情は、さらに以下のように描写されている。

芸妓連れの客を路地の途中まで見送り、玄関の両脇の盛り塩を掌に載せて片づけていると、路地を挟んで向かい側のお茶屋の二階から三味線の音が聞こえた。

これが午前一時前である。

京都は、都会ではあるが、その部分部分には、かなり強い地域性が認められる土地でもある。例えば宮川町は、祇園甲部、祇園東、先斗町、上七軒と合わせて京都の五花街と称される花街で、宮川町歌舞練場で行われる京おどりで有名である。しかしながら、そもそも花街という場所の特殊性もあり、一般的な観光地ではないために、ガイドブックに紹介されることも少なく、また、近くの祇園町ほど知られているわけでもないので、京都を代表する固有名とまでは云えない場所である。

しかしながら、花街であるために、京都の風情を代表する場所であることも確かである。

このような両義性が、この街のややわかりにくいイメージを作り上げているものと考えられる。

また、舞妓や芸妓は、花街の象徴として明確なイメージを読者にもたらすであろうが、それは京都の花街のごく一部のものであり、この小説に描かれるお座敷バーなどの方が、実際には、これら花街の本流とも云える。この実態とイメージとの乖離からも、京都の花街はわかりにくい場所なのである。

その場所に入り込めばよくわかるが、少し離れて見ればわかりにくい場所というのが、花街に代表される、京都の古い部分の印象であろう。これが、都会としての京都と、ローカルな場としての京都の併存をもたらすのである。

思えば、東京についても、大都会というイメージが先行し、その中にある、ローカルな性格については、見落としがちである。都市にはこの両義性がついてまわる。千春は東京のある一面と富山を対比したのであり、それは図式化としては致し方ないものであろうが、東京の正確な理解ではないのかもしれない。

しかし、ある特定の場所を小説に描くには、その場所の性格の図式化は必然的につきまとうものであろう。あるいは、何かを書くという行為には、先験的に図式化が伴うものなのであろう。

そしてこの図式化をどのように活かすのかにより、表現の深みが変化するのであろう。京都この小説における宮川町という場所は、そのような場所の描き方という創作上の工夫を示すものである。京都自体が、この小説においては、そのような役割を担っているかもしれない。

東京と富山という二項対立的な存在を舞台とするだけでなく、京都の宮川町をもう一つの舞台とすることで、小説において場所の果たす機能は格段に複雑化し、高度化する。それは、単なる場所の移動ではなく、小説作法の多様化の跡を示すものだったのである。

# おわりに―事実から小説へ―

二〇〇五年五月、追手門学院創立一二〇周年を記念して、追手門学院大学附属図書館内に、「宮本輝ミュージアム」が付設された。学院自体は長い歴史を持つが、大学の設置は後れ、一九六六年になってようやく第一期生を迎えることとなる。その中に、宮本正仁、つまり後の宮本輝も含まれていた。第一期生であることは、大学と同じ生まれ年であるということを意味する。彼らには先輩もなければ、昨年度の授業情報もない。宮本輝の場合、テニス部に入部するということが、テニスコートを作ることをまず意味した。「青が散る」の主人公椎名燎平と、キャプテンの金子慎一は、学長に直談判し、ポケットマネーから、コートを作るためのトラック三台分の土代をもらい、高校用のグラウンドの一角に、スコップとツルハシとで、一ヶ月かけて、クレーコートをまさしく手作りしたことになっている。宮本輝の大学生時代を髣髴とさせる挿話である。

ただし宮本輝自身は、「青が散る」の「あとがき」に、「二、三、モデルとなった者もいますが、青春という舞台の上に思いつくままに私が創りあげた虚構の世界で、実際に起こった事件も何ひとつありません」と書いている。これによると、この小説の正しい読み方として、モデルさがしをするよりも、どう作られているのかを読み取るべきと思われるが、追手門学院大学をよく知る読者にとり、読書の途中に、情景が目の前に広がることも事実である。人間は、未知のものに対し、既知の情報を当てはめて理解するものだからである。

これと同様に、小説に用いられる国や街や場所の固有名も、同様の機能を果たすものと考えられる。

本書に掲げた宮本輝の一〇の小説は、それぞれ、特別の存在感を示す場所を舞台とするものである。「花の降る午後」の神戸は、その異国情緒により、関西においても独自性が高い街である。同じ兵庫県でも、「海岸列車」に描かれた鎧の駅などは、全国の読者がほぼ誰も知らないような漁村を見下ろす無人駅である。これらの中間的な存在、すなわち、兵庫県と大阪府の境界にあって繁華街として知る人ぞ知る固有名でありながら、神戸や大阪ほど著名でない、「骸骨ビルの庭」の十三なども、固有名の両義性をうまく利用した舞台設定となっている。

思えば、現在、宮本輝が住んでいる伊丹もまた、兵庫県にありながら、大阪との境界に位置する。ここをモデルとし、神戸大学の大学院に通うハンガリーからの留学生を描いた「彗星物語」は、土地のみならず、人の行き来の境界性を描く。

さらに、「にぎやかな天地」には、取材先として滋賀や新宮、枕崎などの土地が描かれているが、もう一つの物語の中心は、兵庫県西宮市の夙川沿いの街が描かれている。

ヨーロッパも多く描かれる。「オレンジの壺」のフランスのパリ、「朝の歓び」のイタリアのポジターノやソレント、「ここに地終わり　海始まる」のポルトガルのロカ岬などがそうである。ここは日本人のみならず、世界中の人々の憧れの場所であるが、これらの小説の中では、その場所に立った人物の履歴と響き合って、少し別の顔を見せている。

「愉楽の園」にはタイのバンコクが描かれる。アジアの街は、ヨーロッパと比較すると日本に近いが、かえってその違和感を鮮明にする意味合いで遠いともいえる場所である。

宮本輝がかつて住んだ富山は、実質的な処女作である「螢川」にも描かれた土地であったが、それから三五年の時を経て、「田園発　港行き自転車」にもう一度描かれることとなった。作者の特別の思い入れが窺える。

これらの土地は、展開される物語の論理から、必然的に選ばれてきた作品の舞台であろうが、小説化されることにより、土地自体がさらに内包を豊かにし、魅力を加えることもある。

土地の固有名は、歌枕が正にそうであるように、古来そのようにして存在感を増してきたのかもしれない。

宮本輝が文学化した空間は、これまで見てきたとおり、実に多種多様である。作者宮本輝自身の生活空間に近い場所から、世界中の観光名所まで、それぞれ、その存在性は異なる。しかし、いずれも、文学空間として同じ機能を果たしている。それは、それぞれの物語を効果的に支援する舞台としての機能である。改めて気づくのは、宮本輝の小説の舞台選びとしての土地の選定の融通無碍で自在なものに見える点であろう。

もちろん、先ずその土地自身に、宮本輝の強い思い入れがあることは当然のことであろう。しかし、それが彼の物語が展開するにふさわしいものであるのかどうかは、次の段階に属する問いである。

事実の空間として特別であった土地が、文学化されることによって、より魅力的になるかどうかは、やはり作者の技量に委ねられている。しかし、ここに扱った一〇作品のそれぞれの場所は、読者が訪れてみたくなるような場所ばかりなのではなかろうか。

そもそも、土地のイメージなどというものは、包括的にはなかなか捉えにくいものである。多くの場合、個人的な出来事による印象などによって、人によっては極端な好悪に彩られ、他者と共有しにくいものではなかろうか。しかし、それほど深く知らない土地については、その土地の印象の捉え方について、何らかの指針を与えられた時、それに誘導されて、どのようにも変化するものであろう。多くの文学がその道しるべとなることは、先に述べた「歌枕化」に限らずとも、容易に想像される。

場所の文学化とは、その場所の事実を超えるものまでを含み込んで、我々のものの見方のモデル提示の役割を果たすものとも考えられるのである。

# 附録　解説・書評・紹介

## 一、宮本輝「幸福」

「幸福」を小説に書くことは難しい。なぜなら、日常生活における一般的な「幸福」をテーマとした場合、その小説は往々にして通俗的なるものとして、あるいは安易な大団円へ向かう質の低い家庭小説として扱われることとなるからである。特にいわゆる純文学と通俗小説の峻別が為されていた状況下においては、「幸福」は概ね純文学のテーマとはなりえないものであった。劇的とはほとんどの場合が悲劇的であることを指し、このような「幸福」の対極にあるようなものを、それまでの純文学は重要視してきたのである。

宮本輝ももちろんこの純文学の従来の性格を知っていたであろうが、これは彼のいうところの「幸福」と二律背反する関係にはなかったようである。彼は「幸福」を限りない鬱屈とともに描きだし、また作品の暗い色調のなかにふと「幸福」を浮かび上がらせる。青春恋愛小説の枠組を持つ「春の夢」（『文学界』一九八二年一月〜一九八四年六月）などは、その好例といえよう。次の場面は、主人公哲之が、或る時、恋人陽子に他の恋人ができたと思い込み、自殺を試みようとして、その行為の根拠を自己確認するところである。

　陽子のあのふくよかな微笑を喪うことは、同時に自分から幸福の根源が消え去ってしまうのと同じなのだと思えた。死ぬ理由などないに等しかった。哲之は、自分を取り巻いている不幸など、他の苦しみつつ生きている多くの人々から見ればじつに馬鹿げたことであるのを知っていた。けれども哲之は死にたいと思った。

ここは一読すると、陽子への失恋が、直接的かつ唯一の理由となって自殺を促したものと読んでしまいそうな箇所であるが、実は陽子への恋すらも譬喩でしかないような「幸福」が存在し、それがここに確かに捉えられていることがわかる。ここで主人公が恐れているのは、恋を喪うことではなく、「幸福」を喪うことである。それは彼からその存在理由を奪うことでもある。したがってそれは単なる「幸福」ではない。

このような根源的な存在理由としての「幸福」は、しかし通常の「幸福」と区別がつきにくい。つまり誤解を受けやすい。当初彼もこれを描くことについて逡巡していた。その微妙なニュアンスを示すものに、彼の「人間にとって真の幸せとは何か—という一点」（『日本読書新聞』一九七九年一月一五日）という文章がある。「ある地方都市の、小さな読書グループ」に招かれての講演で、彼は聴衆の一人に、「文学にとって、最も重要なテーマとは何でしょうか？」と問われ、「人間にとって、しあわせとは何か、ということではないでしょうか」と答えたのである。そしてそのことに注記してこう続けている。

> 質問する側も、答える側も、いまさら何だという恥しさがあったわけだが、そうした思いは、「文学のテーマは、人間にとってしあわせとは何か」ということであると言ってしまった私の方に、いっそう強くせりあがって来たのだった。作家として、沽券にかかわるような幼稚な答えをしてしまったのではないかと思えて、私はもう一度、文学のテーマについて考えをめぐらせてみた。だが、やはり私はそれ以外の答えは思い浮かばないのだった。

一九七八年に「螢川」で芥川賞を受けたばかりの彼にとって、これはデビュー間もない頃のことでもあり、やや新人の衒いが感じられる。しかし、その分やはり正直であるともいえよう。「作家の沽券」なる代物を支えているのは、「しあわせ」など今更書けないといった、日本の近代文学の偏向の状況であり、これとは別に、彼が言う「しあわせ」も「春の夢」の主人公同様、あるいはもっと切実に彼の存在理由を支えていたのである。

後の彼は、この「しあわせ」をより直截的に描くことになる。一九八八年四月に刊行された『花の降る午後』〈角川書店〉の「あとがき」で彼は、この新聞連載小説が当初の目論みとは違う作品になったとして、「私の小説の中で、せめて一作ぐらい、登場する主要な人物が、みな幸福になってしまうものがあってもいいではないかと思い始めたのです」と述べ、さらに「幸福」の効用を、次のようにまで言い切る。

だから、『花の降る午後』は、作者のきまぐれのお陰で、何人かの登場人物の〈幸福物語〉として幕をおろします。善良な、一所懸命に生きている人々が幸福にならなければ、この世の中で、小説などを読む値打ちは、きっとないでしょうから。

これは、約一〇年前の「人間にとって真の幸せとは何か—という一点」の言葉が、新人の一時的な感想ではなく、後の彼の文学にも引き継がれるものであったことを示していよう。

このように、「幸福」とは、彼の文学の読解のためのキーワードというより、彼自身が小説を書く際に外せない鍵語なのである。同時にそれは、そのような鍵語を生み出す状況について、「幸福」に止まらずいくつかの言葉に共通する問題圏を提供する。小説に青年の苦悩とその解決過程または悲劇的結末を求めてきた近代文学のイメージが、それらから遠ざかった時、それまでの主題選択を牽制していた文学観の手枷足枷が取れ、「幸福」に代表されるような、ごく卑近なテーマでありながら、卑近であるが故に、それまでなおざりにされてきたものへ、再び、そして新たに視線が向けられるようになったのである。

〔作家紹介〕一九四七年、神戸市生れ。追手門学院大学卒。サンケイ広告社退社後、一九七七年、『泥の河』で太宰治賞、翌一九七八年、『螢川』で芥川賞を受けた。この順調な作家生活の開始も、一九七九年、肺結核で入院、中断を余儀なくされた。不安神経症も抱えていた。回復後の執筆量はめざましく、一九九二年〜一九九三年には『宮本輝全集』全一四巻を刊行した。

## 二、宮本輝―作品と人―

「朝の歓び」(『日本経済新聞』一九九二年九月一四日〜一九九三年一〇月一七日)は、主人公江波良介をめぐる様々のエピソードが独自の魅力を発揮している作品である。その一つに、息子の登校拒否の挿話がある。学校に行きたくない理由を自ら語ろうとしない高校生の息子に対し、父は、「まったく困ったもんだな、日本の教育ってのは。自分の考えを、自分の言葉で喋れない人間ばかり養成してるわけだ。問題を作成した人間が求めてる解答以外は、みんな不正解とする管理教育だよ」と言う。これは教育の現場への批判がやや強い部分である。一方、「自分の弱さで学校に行かなかったっていう過去は、いつか必ず男を卑屈にさせるんだ」と、それが最終的にはやはり本人の問題であるというスタンスをも示す。このように、登校拒否という実に厄介な問題が、教育現場と本人との振幅の中でまともに取り上げられている。

一旦は胸襟を開いて話し合った父子ではあったが、息子はこののち学校で喫煙し、自宅謹慎の身となる。この行動の裏に、未だ残る登校拒否の姿勢を見て取った父は、力任せに平手で息子の頬を殴る。ただし「いちおう、父としては、一発張りとばしとくぜ」と、世間通常の父親とはやや違う風貌を見せ、ただ怒るだけの父でもない。それでも事態は好転せず、息子はやがて無断欠席するようになる。ここに至り、父子は再び徹底的に話し合い、その上で父は、最終的な結論を息子自身が出すように求める。息子はその答えを得るべく、能登にいる友人のもとに出かけていく。そして東京に帰ってきてからは、再び学校に通い始め、のみならず大学受験の準備まで始める。能登の友人からの影響があり、また父の説得の真意も理解したようである。とにかく、中途退学は回避される。

こう要約すれば、まるでこの小説が教育小説か何かのようであるが、実はこの父自身が、働き盛りの四十五歳という年齢になって、妻を病気で失い、思うところあって、突然、それまで勤めてきた大手の会社を辞めてしまったような人物であり、かつての不倫の相手と、やり直しの恋愛のためにイタリア旅行に出かけたりする。父も、現実社会における一種の「登校拒否者」なのである。

宮本輝の小説は、右のように実に身近な話柄を含みつつ、同時に読者を予想もつかない世界へと誘ってくれる。読者との空間の共有と、別空間への招待の両面が、多くの読者を惹きつけて止まない理由の一つであろう。

宮本輝は、一九七七年に「泥の河」（『文芸展望』一九七七年七月）で第一三回太宰治賞を受賞し、続いて翌一九七八年一月に「螢川」（『文芸展望』一九七七年一〇月）で第七八回（昭和五二年度下半期）芥川賞を受けている。これに「道頓堀川」（『文芸展望』一九七八年四月）を加えた川三部作と呼ばれる自伝的作品が彼の代表作とされるが、例えば「錦繍」（『新潮』一九八一年一二月）などの美しい恋愛小説や、「春の夢」（『文学界』一九八二年一月〜一九八四年六月、初題「棲息」）などの青春小説、「優駿」（『小説新潮スペシャル』および『新潮』一九八二年四月〜一九八六年八月）という競馬小説や「避暑地の猫」（『IN★POCKET』一九八三年一〇月〜一九八四年一一月）など推理小説風のもの、「ドナウの旅人」（『朝日新聞』一九八三年一一月一五日〜一九八五年五月二八日）や「愉楽の園」（『文藝春秋』一九八六年五月〜一九八八年三月）に代表される旅や異国を重要な背景とする作品、さらにはライフワークともされる「流転の海」（『海燕』一九八二年一月〜一九八四年四月）「地の星――流転の海　第二部」（『新潮』一九九〇年一月〜一九九二年九月）「血脈の火――流転の海　第三部」（『新潮』一九九三年一月〜一九九六年二月）の雄大な人物伝など、多種多彩な作品世界は、この作家を、ジャンルの傾向で規定することを困難にしている。「オレンジの壺」（『CLASSY』一九八七年九月〜一九九二年三月）などは、ジャンルの枠組自体を拒否しているかのような作品である。

このように、作品世界は色とりどりではあるが、彼の作品が発表されればどんなものでも必ず読むという固定ファンも多い。

一九四七年に兵庫県に生まれ、追手門学院大学を卒業し、今も伊丹市に住む宮本輝は、関西の生んだ代表的な作家である。ただし毎年のように世界中を旅する彼と、様々な国を舞台に繰り広げられる彼の作品群は、このような狭い空間規定を厭うであろう。

ただし彼も、終始順調な作家生活を送ってきたというわけではない。デビューは一見華々しいが、芥川賞を受けた年の秋に喀血し、翌年一月には肺結核と診断され入院することになる。退院後も自宅療養を余儀なくされ、新人作家として、これからという時期に、空白が入り込んだのである。また一九八一年には、一九七二年に一度経験のある不安神経症がぶり返し、精神科医に往診を仰いでもいる。しかし、これらについても、ただ負の要素だけであったわけではなく、身体・精神双方の病気について実感的な理解が得られ、これに関わるリアリティーの高い多くの記述が作品に見られるようになり、結果論的に云えば、作品世界をより深いものとしている。また病気に限らず、失意と得意の繰り返しが人物造型に反映され、そこに陰影と豊かさを与えていることも確かであろう。「花の降る午後」（『新潟日報』一九八五年七月五日〜一九八六年三月二九日、この他『徳島新聞』『東京タイムズ』など。連載日も異なる。）の主人公甲斐典子などはその典型である。

日常生活の向こうに非日常空間を創出して見せる宮本文学は、小説の本来的性格を最もよく体現しているとはいえないだろうか。

なお一九九二年〜一九九三年に『宮本輝全集』全一四巻が刊行されている。また二瓶浩明に、詳細を極めた『宮本輝書誌』（和泉書院、一九九二年七月）がある。

## 三、講談社文庫『オレンジの壺』解説

幸福な読書とはこのような擬似旅遊体験をいうのであろう。我々読者は、ヒロインである佐和子とともにフランスとエジプトを旅し、日本に帰り着く。もはや佐和子にぴったりと寄り添っている我々は、彼女がその探索行を打ち切ると、それに従って「オレンジの壺」を読む行為をも終わりにするであろう。

宮本輝の作品の魅力は、やはりこのずば抜けた物語空間の構築力と、そこに読者を引っ張っていく牽引力の強さに尽きる。

もちろんこの小説が、全くの空想の産物ではなく、取材に基づいて書かれていることは、作者が単行本の「あとがき」で述べたとおりである。宮本輝は、「ドナウの旅人」の取材旅行のため一九八二年にドナウ周辺の国々を訪れて以来、毎年のようにヨーロッパへの旅行に出かけているが、「オレンジの壺」も、「ドナウの旅人」および紀行エッセイ「異国の窓から」の延長線上にある旅ものの作品とも考えられる。特に「異国の窓から」は、主として東欧を扱ったものではあるが、掲載誌が「オレンジの壺」と同じ『CLASSY』であったこともあり、ジャンルの別を越えて類似性を感じさせる。おそらくそれらが、ともに我々を空想上の旅に強く誘うからであろう。そして旅によって我々は、俗なる現実生活から、しばし離れることができるのである。

ただし「オレンジの壺」の方の幕開きの印象は、むしろスノビッシュでさえある。主人公は離婚したばかりのまだ若い社長令嬢、小道具として用いられるのは、軽井沢の別荘、祖父の遺言、二千万の小切手、イタリア・ファッション界、そして北京ダック！　などである。しかし読み進めていくにつれ、読者はこの最初の印象の修正を迫られるであろう。物語は第一次世界大戦と第二次世界大戦を繋ぐ隠された世界史にまで広がっていく。

一商事会社の創業者の世に知られていないもう一つの物語が、日記や手紙、関係者の証言など、様々の特殊な媒体をつうじて語られる。この創業者の孫である佐和子は、我々読者にとっては主人公であり、かつ、水先案内

人でもある。むしろ中心はこの祖父の物語の方にあるといってよい。ほうっておけば勝手に自己展開してしまいそうなこの大きな物語素材群を前に、作者が手にしている調理器具は、これら種々の媒体を統率するストーリーテリングの力ただ一つである。

宮本輝はこの小説において、極めて意識的にこの物語の力を試そうとしている。例えば、タイトルでもある「オレンジの壺」という言葉の用い方は、その典型であろう。

〈オレンジの壺〉という言葉は、先ず謎として作中に仕掛けられる。その中身についてはなかなか語られない。最初ローリーが語ったこのわけのわからない語に対し、祖父は六月一五日の日記に、「オレンジの壺とは何かと訊いたが、ローリーは答えない」と書き付ける。この時、既に我々読者も、祖父とともに謎解きに参加させられているわけである。これは読者を作中に引きつける手法としては、かなりわかり易い手法である。

やがて九月一三日の日記において、謎は明らかにされそうになるが、その期待も裏切られる。マダム・アスリーヌが、〈オレンジの壺〉について「ひそやかに語り始める」という記述の後、「それ以後、二度と、祖父の日記に〈オレンジの壺〉という言葉はでてこなかった」と続けられるからである。読者は焦らされる。ローリーからユースケこと佐和子の祖父に宛てられた手紙によっても謎は解かれない。

さらに厄介なことに、佐和子が相談したゴーキさんこと雨宮豪紀が、間違いとはいえないが不正確な情報を佐和子と我々読者に与えるので、よけいに混乱が生じる。結局、最も正確な答えは、作品の大詰にまで持ち越されるのである。

その時点では、我々読者の情報量も増えているので、もはやどんでんがえし的な謎解きの驚きはない。そのかわり、読者には、この〈オレンジの壺〉という暗号を、大した疑念もなく受け入れることができる用意が出来上がっている。〈オレンジの壺〉という謎言葉の役割は、ややずれた形でここに完遂されたのである。

このように、語りの力により、我々読者は、極端にいえばどんな虚構の物語をも受け入れることが可能な状態にされる。繰り返しになるが、これが宮本輝の物語の力である。

今更いうまでもないが、宮本輝の作品世界は、実に広きにわたっている。内容はもちろん、書き方の面でも、実に多くの異なった手法が試みられている。それを反映するのが、作品の語り手や視点人物のバリエーションである。「泥の河」や「螢川」の少年の日から見た世界、「青が散る」「春の夢」などの青春小説、また「花の降る午後」など女性を主人公としたものなど、それぞれ異なった構えが認められる。「避暑地の猫」のすべてを目撃する少年の視線などは、この視線自体が重要な要素となっていて、同じ少年の視点でも、全くちがう手法に拠っている。「錦繍」に採用された書簡体などは、文体工夫としてはむしろオーソドックスであるといえよう。ライフワークとして現在進行中の「流転の海」の雄大な語りを含め、作者の語り口の模索はとどまるところを知らないようである。

ただしこれらの作品は、概ね主人公に同時代的に寄り添った視線によって語られてきた。「流転の海」がそうであるように、たとえ時代的には過去の話であっても、主人公が実際に体験した時間に遡って語られてきたのである。これは小説の作りとして、ごく通常の行き方である。しかし「オレンジの壺」の面白さを支えているのは、これとは決定的に違う語り方である。

主人公佐和子を動かしているのは、一九二二年、すなわち大正一一年に書かれた祖父の日記と、それに関係する当時の手紙の束、及び回想的証言である。内容はすべて佐和子が生まれるずっと以前の話なのである。

この作品の時間は、一九二二年と現代（この小説は最初一九八七年九月から一九九二年三月まで女性雑誌『CLASSY』に連載された）という六五年以上の振幅の中にある。そして読者は、佐和子に寄り添ってフランスやエジプトへの空間的な移動を行うのみならず、物語の力により、一九二二年という過去へ、時間的にも移動する。さらには佐和子の祖父が訪れたベルリンやウイーンへも移動可能なのである。

佐和子が日記を読んでいる場面では、我々読者も日記の内的時間に没入している。祖父ユースケのものの考え方に沿っていろいろな出来事を見ている。つまり一九二二年に滞在している。そして佐和子の存在は一時忘れている。佐和子がそれを読み終えた時、改めて、それまで我々が入り込んでいた時間が、あくまで過去の日記の時間であったことに気付くであろう。そうしてもう一度佐和子に寄り添い直す。しかし、考えてみれば佐和子もまた、宮本輝が書く作品空間の中に住む虚構の人間なのである。そこで我々は、今度は語り手に寄り添って、改めて佐和子を見つめ直すであろう。我々は、現実の体験ではなく、あくまで読書行為として「オレンジの壺」という物語を読んでいたはずなのであるが、その作中人物である佐和子とともに日記を読むことにより、佐和子との一体感が虚構の空間におけるものであったことを一時的に忘れてしまうのである。もちろんこの忘却は、かぎりなく幸福な忘却である。まさしく物語に身を任せているからである。ここに語りの重層化の効果が生じている。

この作品の中で佐和子は、かなりの時間、何かを読んでいる。それは祖父の日記であったり、祖父宛の手紙であったりする。またそれ以外の時間の多くには、誰かに何かを聞いている。このように、何かを読み、何かを聞く主人公を、我々読者は、さらに二重に読み、二重に聞いているのである。祖父に対しては我々は佐和子と同じ平面に立ち、佐和子に対しては、一歩引く。この繰り返しが、無意識のうちに我々読者がこの作品を読む過程で何度も行われているわけである。

ところで、この物語に設定された謎のうち、いくつかは、結末にいたっても解決されない。その最たるものが、佐和子の伯母に当たるはずのマリーという女性についてであり、また、あやと呼ばれる女性と祖父とのその後などについても、十分な答えは与えられない。もしこの作品が通常の推理小説仕立てであれば、読者にはかなり不満が残るであろう。しかしこの小説は、それをあまり感じさせない。

先にも述べたが、確かに我々読者は、〈オレンジの壺〉に代表される謎、空白に引っ張られ、ある程度はその謎解きのために物語を読み続けてきた。しかし、どこからか、それらがそれほど重要でないように感じさせられていたようである。謎を謎としておく方がよいかもしれないという、推理小説には通用しない別の小説論理が、読者に働きかけてくる。

たぶんそこには、佐和子という人間の成長物語としてのこの小説の性格が、大きく関っていよう。作中に何度も繰り返されるように、佐和子は、先ず「石のような女」として登場してくる。それらは、離婚した夫を代表とする他人による評価であった。この評価の自己確認、あるいはその反転を、彼女は試みる。自分の姿を、自分で見据えようとしたわけである。確かに、自分では気付かない自分を再発見することはなかなか難しいことであろう。しかし佐和子は、遂にその発見に成功したようである。結末部の佐和子は、やはり生き生きとしている。

それはただ離婚した女性の女性らしさの再発見のみにとどまらない。「音楽だとか、料理だとか以外の事柄に関して、それも学校の試験のためではなく、佐和子が何かを真剣に学ぼうと思ったのは初めてであった」という記述からも窺えるように、これは、それまで日常的に自動化していた人間としての復活宣言である。そしてこれは、読みようによっては、この「オレンジの壺」から何かを学ぼうとする我々読者へのメッセージとも受け取れよう。何を学ぶかではなく、学ぶことを要求するようになったという、いわば生き返った感覚を突きつけてくる。おそらく我々も、佐和子のような生まれ変わりを経て初めて、真に社会というものに接することができるのかもしれない。

佐和子と滝井が帰国して、物語がほぼ閉じかけている時、さらに最後の謎が仕掛けられる。それは、祖父の日記の走り書きである、「アスリーヌは××を愛してる」の空白である。しかし、佐和子はもはやこの謎に立ち向かってはいかない。そこに何が入るにしろ、やはり推測する側のこじつけでしかないのである。そこで佐和子は、答えもなく「うん、わかった」と納得する。ここには、ある特定の謎が解けたという意味の「わかった」ではない、もう一段上の理解としての「わかった」がある。

たとえ謎が解けても、それは、必ずしも「わかった」ことにはならない。それがこの小説をつうじて語られてきたことである。それなのに、謎を解かねばどうにも気が済まなかった佐和子というそれまでの自分がいる。その過去の自分を、佐和子はついに相対化できたのである。

「オレンジの壺」は、ただ重いだけの純文学に飽きた読者にも、またただ軽いだけの通俗小説に物足りなくなった読者にも、それぞれ別の小説体験を与えてくれるであろう。そのような新しい小説の分野が、ここには切り開かれている。

## 四、講談社文庫『朝の歓び』解説

或る作家の熱心な愛好者としての読者が、その作家に期待することがらは、大きく分けて二通りある。一つは、常に新しい物語空間を切り開いていてくれること。もう一つは、いつも同じ種類の魅力を保っていてくれること。これらは、一見両立し難い、相矛盾するような要求である。しかし愛好者は、無理を承知でそれを求める。そして作家がこの難題に応えてくれた時、愛好者は、ますますその作家から離れられなくなる。

宮本輝の「朝の歓び」は、そのような愛好者心理を誘う格好の見本となる作品である。ここには、海外旅行や多彩な料理などによる非日常空間の創出や、親子関係に代表される人間関係の複雑さの描出、言葉の裏の裏まで読み合うような心理の描写など、読者にはお馴染みの、典型的な宮本輝ワールドが展開されている一方、全く新しい小説の組み立ても用意されている。気がつくと、これまでになかったような読書体験をしていた、といった感想を抱いた読者も多いのではないか。

その理由として、この小説におけるストーリーの役割が、これまでの宮本輝作品とも、また一般の小説とも異なっているという点を想定することができる。

この小説は、確かに恋愛小説としての枠組を持っている。妻を亡くしたばかりの主人公江波良介と、かつての不倫の相手小森日出子との、〈ぼら待ちやぐら〉での四年後の再会から始まるやり直しの恋愛は、その性愛のあり方の変化に象徴されるように、かつてのそれとは違い、実に魅力的なものとして描かれている。作中、二人は何度も感情を行き違わせるが、その行き違いさえも、より広義の恋愛概念に確かに収められている。

しかし、この小説に詰め込まれたものは、二人の恋愛を中心化するようなものばかりではない。二人の恋愛は、通常の恋愛小説におけるようには、この作品の中心ストーリーとならないのである。特にイタリアから帰った第六章以降の良介と日出子の恋愛は、ほとんど背景に押し遣られたままである。

代わりにこの小説に与えられている形態は、モザイクのように、様々のエピソードを鏤めていくという方法によるものである。そのために、バイ・プレーヤーたちが、それぞれの物語の主人公として、ただの脇役にとどまらない魅惑的な活躍をすることになる。良介の友人内海修次郎然り、兄伸介然り、息子亮一然り、良介がイタリアで出会った木内さつき然り、日出子が訪ねたパオロ・ガブリーニとその両親然り、である。それぞれがおそらく一つの短篇小説を構成するのに十分な分量の物語をもっている。とりわけ圧巻なのは、内海のゴルフ仲間である大垣政志郎老人のエピソードであろう。この老人の挿話の中には、さらにまた、老人の息子加納光雄と、Kという女性の二人の魅惑的なバイ・プレーヤーが用意されている。

同じように、いくつかの魅力的なアフォリズムやことわざも鏤められている。「心の師とはなるとも、心を師とせざれ」「あなたが春の風のように微笑むならば、私は夏の雨となって訪れましょう」などである。また、良介と日出子の間の符牒の一つである「おはよう」の語や、「生きているときは朝、死んでいるときは夜」という言葉などは、「朝の歓び」という題名や日出子という主人公名とともに、〈朝〉に関わる一つの象徴体系を構成しているといってよかろう。これら珠玉のような言葉の群れを、読者もまた、自分の人生の物語のなかに置き換えて見つめ直すのである。

これら様々の断片を、うまく一つの作品に溶け込ませるために作られた、大きな、そしてゆるやかな物語空間の枠、または一つの磁場、それが、良介と日出子の恋愛なのである。

とはいうものの、このように、一つ一つが小宇宙であるような挿話を一つの作品の中に統率するのは、作者にとってかなり困難な作業である。そのために、小説作法上の巧みな工夫がいくつか施されている。留守番電話の盗聴という手法と、手紙という媒体の利用は、その代表的なものである。

イタリア旅行に出かけた良介と日出子は、四年前の二人の関係の失敗点を克服していたはずである。しかし良介は、日出子が良介に内緒で国際電話をかけるのをふと覗き見て、番号を控え、市川という男の存在を知ってしまい、再び疑心暗鬼に襲われる。通常、盗聴されたり覗き見られたりしたものは、何らかの真相を告げ、謎解きの鍵となる場合が多いのであるが、ここでは盗聴が、新たな誤解を作り出している。市川という男と日出子の関係を知りたいと良介が思うのと同様、読者もますます不可解さを抱え込み、その謎解きのために能動的に読書を継続する。こうして、二人の恋愛物語の空間に、市川という男の挿話が取り込まれてくるのである。

また、大垣老人の過去を描くために用いられた三通の手紙の場合も、一見すれば全く他人事として語られているが、その全体の重量をかけて、良介と日出子の恋愛を相対化する。手紙は大垣老人のかつての妻と、この妻とは別に出来た息子光雄からのものであり、Kという女性をめぐってのこの息子と大垣老人の関係の複雑さが、老人の普段の落ち着いた風貌と併置されることにより、誰が正しいか正しくないかではなく、そのような判断の視線自体を無力化するような、どうにも解決のつかない人間の側面を映し出している。

一対一の恋愛関係にあっては信じていた相手が、実は陰で裏切り続けている。そこにはもう一つ別の一対一の恋愛関係が存している。この裏切りには必ずしも悪意が伴わない。したがってよけいに残酷な裏切りとなる。この挿話によって示される裏切りの構造が、当初無関係と思われた良介と日出子の隠し事にも関わり、二人の恋愛空間に取り込まれるわけである。というより、恋愛の個別性が、改めてより大きな普遍性のなかに置き直されるというべきであろうか。

以上の二例のような形で、他のエピソード群も、それぞれの独立性を保ちつつ、「朝の歓び」という作品の全体を構成するべく、この物語空間に取り込まれていく。

ところで、或る一人の人間が絶対的な主人公であり、周りがバイ・プレーヤーであるということは、現実空間においてはありえない。他人もまたそれぞれ自分が主役であるところの人生をもっている。人は普段の生活においてはそれをよく知っているはずである。しかし小説空間においてはそうではない。主人公が設定された瞬間、周りの登場人物たちは、その主人公のためにすべからく脇役にまわる。脇役たちの行動は、主人公のために、常に従属的な行動である。脇役の男に特殊な性癖があれば、それが必ず主人公に何らかの形で影響を及ぼすのが小説というものである。すべての行動は予定されたものであり、少なくとも小説世界内的には必然的である。

しかし「朝の歓び」のつくりは少し異なっている。ここでは、小説世界の前提的な必然性ができるだけ排除され、日常空間の偶然性に近づけられている。例えば木内さつきと良介とは、ありふれた小説空間の住人であるならば、もっと関係を密にしていっても不思議はないが、この偶然出会った男女は、ただの通りすがりからやや進んだ会話を交わすだけで、やがて自然に離れていく。日出子も、パオロという「障害児」とのかつての約束を果たすためにわざわざイタリアまで訪ねてきたものの、十分な記憶力をもたない彼の生活の平穏を乱すことを恐れ、結局、彼を遠くから眺めるだけで、ついに会わずにおく。すべての人と人とが濃密に関わり合うことなど、それこそ小説のなかでしかありえない。そのような小説とは異なり、「朝の歓び」は、登場人物同士の必然の糸による強引な関連付けをやんわりと拒否する。偶然にすれ違った人物たちは、ただすれ違っただけで、通り過ぎていく。

このような、人生における偶然性を、さらに別の方法で示すかのように、この小説には、何かに賭ける場面が多い。例えばイタリアの豪雨に裸体を打たせるためにテラスに出た日出子を待っていた良介は、バスタブに湯が溜まるのが先か、日出子が戻るのが先かに、日出子への自らのこれからの愛情のあり方を賭けてしまう。岐路でもなんでもない場所にまで岐路を見てしまうのである。

一方、大垣老人の「エイジ・シュート」の挿話のような、予想もしない場所に突然現れる分岐もある。この挿話は生々しい人間性をえぐり出して見せ、読んでいて息苦しいほどである。あれほどゴルフ・マナーを大切にする大垣老人が、ゴルファーが一生に一度遭遇するかどうかもわからない「エイジ・シュート」達成の分かれ目となった一七番ホールで、他の二人が見ていないうちに、何と足でゴルフボールを蹴ってピンに近づけてしまうのである。ここには、本人の意志も止めようのない何かしら大きな力が人生を支配している、その様子が、克明に描き出されている。

考えてみれば、そもそも作品の冒頭から、主人公良介は、四五歳にもなって、将来のプランもないまま、突然会社を辞めてしまい、正しく人生の岐路に立ち、自ら偶然性を体現するような人物として設定されていたのである。

「朝の歓び」は、最初、日本最大のビジネス紙である『日本経済新聞』朝刊に連載された（一九九二年九月一四日～一九九三年一〇月一七日）。宮本輝は、この初出紙の性格をやはり強く意識していたようである。働き盛りの歳に大手企業を辞めてしまったり、ゴルフに熱狂し、不倫の恋をし、家庭の外に子供を作り、子供の教育問題に悩んだりする登場人物たちの像は、この新聞の読者たちにとってもかなり身近なものでありながら、しかしまた、そっくり真似できるようなものでもない。この微妙な距離感が、憧れと羨み、そして嫉妬心を煽り、読者を惹きつけて止まないのである。

宮本輝は、「あとがき」のなかで、この小説の狙いとして、「「朝の歓び」に登場する人々の、永遠のなかの途上の、そのまた断片やかけらを描くことで、人間にとって何が幸福なのかを、水面の油膜のように映してみたかった」と述べている。「断片」や「幸福」の語は、種明かしにも譬えるべき正確な自家解説である。そしてその目指すところは、以上見てきたことからも、十二分に達成されているといってよいだろう。

構成上のストーリー性は希薄であるが、それが人生のストーリーの無さと見合っている。そして人生のあらゆる出来事に完結がないように、この小説にも完結らしきものはない。しかしまた、人が人生においてほっと一息つく瞬間があるように、この小説を読み終えた読者も、なぜかほっと安堵し、そしていっときとても幸福な気持ちになるであろう。

宮本輝の手により、「朝の歓び」という物語空間に連れ去られていた我々読者は、最後のページを読み終えて、再び現実空間に帰還する。それはあたかも、夢から醒めて〈朝〉がやってきたようなものである。夢も心地好かったが、目覚めもとてもやすらかである。そのような無上の〈読書の歓び〉を、この小説は我々に与えてくれるのである。

## 五、『IN★POCKET』広告「朝の歓び」を読む歓び

小説の主人公とは、一般には、我々読者より何らかの優越性を誇ったり、かけ離れた世界に生きる存在であったりするものであろうが、この作品の場合はやや事情が違っている。四五歳のごく普通の会社員が、長年勤めた会社を辞めてしまうところから話は始まる。大ビジネス紙である『日本経済新聞』にこの小説が連載された際には、よく似た状況下にありながら主人公のように振る舞えないが故に、却って身につまされた読者も多かったのではあるまいか。

人は、誰かといつも何らかの形で繋がっていたいと安心感を求める一方で、時には他人や世間の柵から遠く離れてみたいという願望も抱くようである。「朝の歓び」には、人と人との接近と反発の両義性が、主人公をはじめ周辺人物たちの複雑な男女関係や、不登校の子と親の会話などによって前面化され、実に鮮明に描出されている。

人の関係性は壊れ物の危うさと優しさを併せ持つ。「朝の歓び」は、その微妙さを、日常以上に我々に伝えてくれるのである。

## 六、書評「睡蓮の長いまどろみ」

これまでの作品とはどこか一味違う。この小説はそんな印象を読者にもたらすであろう。物語はイタリアのアッシジから始まる。主人公世良順哉は、妻津奈子と旅行で訪れたこの土地で、生まれたばかりの順哉を捨て去った実母、森末美雪と再会する。そこに想像される四十数年前の複雑な事情は、順哉および読者に、知りたいという強い欲望を与える。

順哉の父庄平は、今は大阪の玉出で、二度目の妻登紀子とともに、定年後の日々を送っている。この父もまた、最初の妻美雪との別れの原因に関わる、重大な秘密を抱えている。

順哉は、東京の自宅近くに内緒で借りているアパートで、時々、やや倒錯した性の行為にふける。幻像としての女性を現出させて繰り返されるその行為も、実に謎めいている。

ある日、順哉のオフィスに、注文していない十人分の珈琲が届き、そこから物語が急展開する。間違いだと告げられたウェイトレスが、順哉の目の前で六階の窓から飛び降りてしまったのである。しばらくして、死んだはずのその加原千菜という女の名で、順哉宛に手紙が届く。謎は複雑に絡み合い、推理小説にも似たストーリーが展開される。その謎解きの過程で、順哉は、父母をめぐる大きな宿命の物語に向き合うこととなる。

大阪を描く「泥の河」でデビューし、日本中の土地を作品の背景として取り込んできた宮本輝は、また、「ドナウの旅人」の東欧や「愉楽の園」の東南アジアのように、作品舞台を世界中へと拡げてきた。しかし「睡蓮の長いまどろみ」には、そのような物理的な空間の拡がりとは別様の、ある深遠さが感じられる。作中にちりばめられる睡蓮と蓮のイメージは、西洋と東洋という二項対立を解消し、より大きな世界の存在を象徴しているかのようである。また、原因が生じた時には既に結果も生じているという「因果倶時」のキーワードも、時間の超越を意味する。ここには、超空間的で超時間的な新たなる物語空間の可能性が切り開かれているのである。

## 七、書評「森のなかの海」

いきなり阪神・淡路大震災の大きな揺れの場面で始まるこの小説は、読者の興味の重心をも強く揺らす。物語の内容を追うこととは別に、もうひとつの特別な視線が作品に向けられるからである。「いったい、あの震災を、この作品はどう扱うのであろうか」。それも無理はなかろう。あの震災は、確かに小説以上に現実感のない出来事であった。そしてその形象化に、作者最大の苦心もあったはずである。

作者はここで、敢えて震災自体から遠ざかる方向へ読者を導いていく。主人公の希美子は、震災を機に夫の浮気の事実を知り、それは離婚へとあっけなく進展する。そこに、毛利カナ江という老婦人から、奥飛騨にある広大な土地と山荘とを相続してほしいという話がもたらされる。

希美子はこれまで、感情をあまり表に出さない女性として生きてきた。このやや没個性的な中心人物を引き立てる形で、父や妹知沙など、多くの個性的で魅力的な脇役が配置される。そんな希美子が、震災で両親を失った三姉妹を山荘にひきとり、ついで、震災孤児の七人の少女たちをもここに受け入れる。自分の二人の息子を含め、若者を中心とするひとつの共同体を、ここに主体的に形成したのである。そこは現実からの避難所であり、また理想の教育を実践する場でもあった。しかしこの一種のユートピアは、理想郷が本来的にそうであるとおり非現実的な空間であり、常に現実に侵食される危険にさらされていた。

そんな折、大海（ターハイ）と呼ばれる巨木の根本で骨壺が見つかり、ここから、毛利カナ江の過去に関する謎が徐々に明らかになっていく。ターハイは「巨大な数種類の巨木と藤蔓が絡み合って、それはもう別種の、この世にひとつしかないおごそかな生命体」と書かれる存在であり、正にこの物語の複雑な構造を象徴している。

作者は、現実を超えた幸福なる作品空間を敢えて寓話的に構築することをとおして、あの震災が我々につきつけた現代のさまざまな問題の再提議を行ったのかもしれない。

八、講談社文庫『新装版ここに地終わり　海始まる』解説

小説を読む最大の楽しみの一つは、魅力的な登場人物に出会うことであろう。とりわけヒロインは、その代表的な存在である。読者の多くは、ヒロインに憧れ、ヒロインに自己投影し、ヒロインとともに作中世界を疑似体験する。そのために読者は、いきおい、ヒロインの言動に寛大になりがちでもある。同情しすぎることもあろう。いずれにしてもヒロインとは、その小説の魅力を一身に体現する存在である。

しかしながら、この小説のヒロイン像については、読者はやや戸惑いを覚えるかもしれない。寄り添うように追い続け、確かに理解したつもりであった天野志穂子の像について、結末部に至り、実はさほど単純なものでないことに改めて気付かされるからである。六歳の時から一八年間、ずっと結核療養所で暮らしてきた志穂子は、最終章において、それまでの慎み深い相貌を棄て、両親の信頼を裏切ってまで、梶井という、さほど「いい人」としては描かれてこなかった男に抱かれることを選ぶ。前夜には、そのことを空想して自慰行為にも耽っている。

ここで読者が点検しなければならないのは、志穂子の造型の是非ではなく、むしろそれまでの読者自身の、志穂子の像の受け取り方についてであろう。当初、志穂子に慎み深さを感じたのならば、それは、志穂子の病歴などに対する偏見によるものかもしれない。つまり、読者の側の先入観によるものかもしれないのである。

読書行為とは、通常考えられているように、読み進めるにしたがって情報が次第に蓄積されていくというような行為では決してない。我々は、概ね、タイトルや作者名、読み始めてしばらくの間に与えられたほんの少しの情報などから、登場人物の像やストーリーを先取りして作り上げてしまっている。その後の読書行為は、いわば先取りされたストーリーの確認作業であり、当初の予想から外れてくれれば、その都度修正しながら、受け取る物語内容の精度を上げていく。

「ここに地終わり　海始まる」

例えばこの小説のタイトルは、ポルトガルのロカ岬の碑に書かれた言葉に拠っているが、この言葉が何を意味するのかを知る前から、我々読者が、ある壮大な物語展開を予想することは可能であろう。我々読者はこの原初のイメージから読書を始め、それが指し示す象徴や譬喩の内容を探し求めながら、読書を進めていく。この期待に応えるように、作中には、ところどころに、この言葉の解説が周到に用意されている。「大きくて神秘的で希望に支えられていて、終わりも始まりもない、自由自在な世界の扉をあける合言葉」（第一章「絵葉書」）、「哀しいのでも恐ろしいのでもなかった。〈ここに地終わり　海始まる〉という言葉が、胸一杯に拡がり、なぜか自分は絶対に幸福になれるという思いに満たされたのだった」（第九章「荒れる岬」）。しかもそれらは、必ずしも同じ意味ではない。作品の中でこの言葉も変容し、内包を豊富にしていくのである。

ヒロイン像の構成についても同様である。志穂子は、先にも述べたように、世にも稀なる経歴をもつ。一八年間結核と闘い、日常生活についてほとんど何も知らずにこの世間に戻ってきた二四歳の女性を、読者は特別のイメージをもって染め上げるであろう。彼女がヒロインであることがそれを増幅させる。彼女に与えられる魅力の要因は、やはりこの特別な生い立ちと、そこから生じる特別な性格や考え方に求めなければなるまい。

ところで志穂子は、謙遜を交え、自らについては、それほど美人ではない、と繰り返し自覚している。一八年間療養所暮らしをしてきたこと自体も、読者にとっては、格別に憧れたりするような性質のものではあるまい。ではいったい、志穂子のどこが、あれほども魅力的なのであろうか。

実はこの疑問には、我々読者だけではなく、作中人物たちもぶつかっている。梶井克哉と尾辻玄市という、二人の男が志穂子に求婚することになるが、二人とも、その一種魔力のような志穂子の魅力について、十分理解しているとは思えない。やや詭弁を弄するようであるが、いわばこの、志穂子の魅力の不可解さこそが、彼女の魅力の、そしてこの小説の魅力の源泉となっているのである。

この作品において、志穂子の次に重要な登場人物が梶井克哉であることは、第二章が梶井を視点人物として語られていることからも明らかであろう。梶井は、ほとんど最終章まで、読者に共感を与えない、むしろ厭な男として書かれ続ける。いわば、アンチ・ヒーローである。しかしこの造型もまた、この作品の戦略の一つである。小説の登場人物には、現実空間の人物とは違い、何らかの形で圧倒的な存在感が確保されなければならない。梶井が志穂子に送った宛名違いの葉書から、この物語のすべてが始まるのであるが、これに巻き込まれた多くの人物たちの運命があれほど変化したにも拘わらず、梶井と志穂子にとっては、あの葉書は結果的には間違いではなかった。この逆説にこそ、人生の価値観の相対化が見て取れる。そして梶井の造型もまた、この逆説に彩られている。彼は一見つまらない男であったからこそ、志穂子に選ばれるのである。志穂子に寄り添う読者は、はらはらし、動揺しながらも、この志穂子の選択を見守り続け、かえって強くこの小説に引きつけられるのであろう。

この他、実に個性的な人物たちが、それぞれの善悪の役割による距離感によって、円環的に配置されている。志穂子と梶井のすぐ近くには、尾辻、ダテコ、志穂子の父といった、実に「いい人」たちが配置されている。続いて志穂子の母や妹美樹、浦辺先生などが位置し、さらに、やや距離をもって樋口由加、その外側に、やや悪役を振り当てられて、鄧健世や江崎万里、その母親、一番遠くにヤマキ・プロダクションの矢巻繁男が置かれているという具合である。設定上の善悪のベクトルはさまざまであるが、存在感の大きさという基準から見れば、いずれも大きい。そこには、誰もが平等に存在する現実空間とは決定的に違う、計算され構成された空間がある。

同様に、この小説には、芸能プロダクションの裏側や、宝石商とそこで高額な買い物をする人物など、やや現実離れした世界が描かれている。覚醒剤まで扱われている。これら我々読者から遠い要素もまた、小説の中で、しっかりとその役割を果たしている。要するに、作中の要素にとって最も大切なことは、現実的か否かではなく、この小説のために必要かどうかということなのである。

この小説には、もう一つ、特筆すべき特徴がある。それは、実に多彩な感覚的表現が存在することである。例えば志穂子が初めて東京の雑踏に紛れ込んだ時に聞こえる、街の騒音や雑音という聴覚的要素。また、志穂子が訪れる赤坂の魚料理店やトンカツ屋の料理に代表される味覚的要素。思えば、梶井はベジットというレストランで働いていたし、ダテコの兄もイタリア料理店を開くことになっている。佐渡圭造の作るハムや肉の燻製も実にうまそうである。さらには、尾辻が働くコーヒー豆輸入販売会社のコーヒーが示す嗅覚的要素。ちなみに梶井たちのコーラスグループの名である「サモワール」は、あのロシアの湯沸かし器の名を連想させる。

さて、これらの感覚的要素が、作品の隅々まで行き渡るような象徴体系を作り上げている。一八年も病院にいた志穂子は、我々の鈍磨してしまった神経ではなかなかたどり着かない要素にも、敏感に反応することができるのである。あるいはその果てに、最終章の志穂子の身体をめぐる触覚的要素も含められるかもしれない。これに対し我々読者は、下手をすると、それらを自らの感覚でなぞることをせずに読み過ごしてしまう。そうなればこの作品世界の豊かさは読者には決して届かないであろう。

以上のように、この小説は、さまざまの小説作法を見事に具現化した小説である。「あとがき」で宮本輝自身が「地方新聞十数社で二百十回にわたって連載しました」と書くように、この小説は、『福島民友』に一九九〇年三月五日から一一月一二日まで連載されたことを始め、『大分合同新聞』『福井新聞』『長崎新聞』『愛媛新聞』『徳島新聞』『東奥日報』など、全国の一五の地方紙に発表された新聞連載小説である。日本の近現代文学の伝統の中で、文芸雑誌や総合雑誌に掲載された小説を、仮に「専門的小説」と呼ぶなら、それぞれの時代に新聞に連載された小説は、ごく普通の人々をも読者とする、いわば「一般的小説」と呼ぶことができよう。この小説は、とりもなおさずこの「一般的小説」の代表的作品である。

「一般的小説」は、よき通俗の伝統を体現する。日本近現代文学の膨大な作品群のうち、通俗的伝統に属する作品の方が、小説作法を忠実に発展させてきたことは事実であろう。なぜならそこには、読者という反応の鏡が、常に直接的に、作者を照らし返すために機能しているからである。

このような小説作法の実験と受容を間に置いた作者と読者との密接な関係は、小説というジャンルが魅力的であるための必要条件であろう。このような幸福な受容と作品提供の関係があれば、小説は、かつてそうであったように、今後も魅力的な芸術であり続けるはずである。この小説は、そのような小説の本来のあり方についての思考をも促すような作品と言えよう。

「ここに地終わり　海始まる」

この言葉のもつアフォリズムの性格は、作品の内外にわたる全ての事象を併呑する。それは、志穂子という未完成のヒロイン像と相俟って、この小説が、何かを完結的に示すのではなく、未知なるものへの可能性を切り開くことを主眼とする小説であることを示している。作者は、徹底的に図式化された人物や出来事を巧妙に配置しながら、最も中心に位置する志穂子の像に安易な輪郭を与えず、すべては途中経過であるという形で、今後の物語の進展を読者に投げかけた。この物語とヒロインの像を完成させるのは、我々読者自身なのである。

初出一覧

はじめに―宮本輝の小説作法……「宮本輝の小説作法」(『IN★POCKET』二〇〇九年七月)
第一一章「花の降る午後」―神戸・異国情緒とレストラン……書き下ろし
第一二章「愉楽の園」―バンコク・アジアという遠くて近い場所……書き下ろし
第一三章「海岸列車」―城崎/鎧・山陰本線の空気……書き下ろし
第一四章「ここに地終わり　海始まる」―ロカ岬・病気療養と希望……書き下ろし
第一五章「彗星物語」―伊丹・留学生を含む家族とビーグル犬……書き下ろし
第一六章「オレンジの壺」―パリ・フランスという憧れ……書き下ろし
第一七章「朝の歓び」―ポジターノ・南イタリアの風……書き下ろし
第一八章「にぎやかな天地」―滋賀/新宮/枕崎・発酵食品の匂いと味……『匂いと香りの文学史』第7章
(春陽堂書店、二〇一九年一〇月)を大幅改稿。

第一九章　「骸骨ビルの庭」—十三・食堂の味と三つの時間—……「宮本輝「骸骨ビルの庭」の中の三つの時間」（追手門学院大学『国際教養学部紀要』第九号、二〇一六年一月）

第二〇章　「田園発　港行き自転車」—富山・再会の物語—……第一節は高志の国文学館／姫路文学館編『宮本輝 人間のあたたかさと、生きる勇気と。』（北日本新聞社、二〇一七年一〇月）を改稿、その他は書き下ろし。

おわりに—事実から小説へ—……「宮本輝と追手門学院大学—「宮本輝と『青が散る』の世界」に向けて—」（『伊丹公論』復刊12号通巻31号、二〇一六年五月三一日）を大幅に加筆改稿した。

附録　解説・書評・紹介

一、宮本輝「幸福」……「宮本輝「幸福」」（『国文学』一九九六年八月、特集「戦後生まれの現代作家のキーワード」）

二、宮本輝—作品と人—……「宮本輝—作品と人—」（『月刊国語教育』一九九七年五月）

三、講談社文庫『オレンジの壺』解説……「解説」（講談社文庫『オレンジの壺』下、講談社、一九九六年一一月）

四、講談社文庫『朝の歓び』解説……「解説」（講談社文庫『朝の歓び』下、講談社、一九九七年四月）

五、『IN★POCKET』広告「朝の歓び」を読む歓び（「『朝の歓び』を読む歓び」、『IN★POCKET』一九九七年一二月）

六、書評「睡蓮の長いまどろみ」……「睡蓮の長いまどろみ（上・下）、宮本輝著」（『日本経済新聞』二〇〇

〇年一一月一二日、書評）

七、書評「森のなかの海」……「森のなかの海（上・下）宮本輝著」（『日本経済新聞』二〇〇一年七月二二日、書評）

八、講談社文庫『新装版ここに地終わり　海始まる』解説……「解説」（講談社文庫新装版『ここに地終わり　海始まる』下、講談社、二〇〇八年五月）

※なお、表記や括弧、記号等を統一するため、一部を初出より改めた。

# あとがき

おそらく歴史上の大きな分岐点として刻まれるであろう、新型コロナウイルスの世界的な感染拡大の中で、本書の校正を行っている。外出自粛ももはや日常化し、人々の世界観や、社会生活の形、さらには、文化の存在意義までもが、根本的な変化を求められている。

今、現実世界が、現実世界でないかのようなことが起こっている。現実世界の確固たる存在感が失われ、虚構空間との境界が曖昧になったようである。

我々には、さらなる想像力が求められているのであろう。そして、こんな時こそ、芸術が、その本来の役割を果たすべき時なのであろう。想像力の活性化のために、芸術はその材料と方法論の見本を人々に提供してきた。もはや、芸術空間より現実空間の方が、予想のつかない、何が起こるかわからない世界となっている。

このような時に、私は、宮本輝の小説を題材に、現実の空間が小説空間に変わる仕組について考えていた。我々の目には、これまでと同じ日常の風景に映っていたこの世界が、たった一つの要因、例えば新型コロナウイルスという目に見えない存在により、地球規模で、大きな変化を強いられることになる。その可能性を垣間見せてくれるのが、小説などの芸術である。

本書に収めた宮本輝についての論考は、書き下ろしながら、昨年までに書き上げたものばかりである。しかし、世界の危機という状況の下、行った校正という作業の中で、新たな意味が加わった思いがする。

やはり、日常空間や現実空間を相対化する思考が、我々には、必要なようなのである。

宮本輝の小説に登場する現実世界は、既知のよく知った場所であっても、特別の存在感を示しながら読者に迫ってくる。

本書においては、宮本輝の小説に描かれた数奇の場所に注目し、これらの土地が、どれだけ小説の舞台として効果的に機能しているかを考えた。場所に殊更に注目して読むと、宮本輝が、小説において、その舞台の選択に如何に腐心しているのかがわかってきた。

小説ごとに、実に魅力的で象徴的な街が選ばれている。その場所と登場人物たちとの出会いは、偶然でありながら、運命的でもある。このことを数奇の場所と呼んでみた。その数奇の内容については、各章において指摘したつもりである。

ところで、これらの数奇の場所の多くは、私にとっても特別の土地である。実は本書の一〇作品は、あらゆる土地への私の興味によって集められた作品群でもある。

例えば、「花の降る午後」に書かれた神戸の北野町は、学生時代にアルバイトのバーテンダーとして勤めた、スナック真弓のあった三宮の東門街の近くである。大学に入りたての頃で、もちろん、阪神・淡路大震災より一五年ほど前の一九八一年のことである。

院生時代には十三の大阪北予備校で講師をしていたこともある。「骸骨ビルの庭」に描かれた、骸骨ビルのあったあたりに、毎週通っていた。

「彗星物語」に登場するハンガリーからの留学生のモデルである、セルダヘーイ・イシュトヴァーンとは、同じ年に同じ神戸大学大学院文学研究科（修士課程）に入学した同級生である。

また、この院生時代に結婚し新婚生活を過ごしたのは、「にぎやかな天地」の一つの舞台である、夙川沿いの苦楽園口の駅前である。ここもとにかく懐かしい。これも震災前のことであった。

また、一九八九年に新婚旅行で訪れたのは、「オレンジの壺」の舞台であるパリである。エッフェル塔に100ansという文字がイルミネーションとして飾られていたのを鮮明に覚えている。

京都にある大学に移った後は、「田園発　港行き自転車」に登場する京都では、宮川町ではなく、もっぱら祇園町と先斗町であったが、舞妓の置屋の経営するバーにも通ったことがある。

その大学でイタリア人の留学生を受け入れ、彼が帰国後、ナポリ東洋大学で教鞭を執っているのを幸いに、何度も訪れたのが、南イタリアである。彼と一緒に日本に留学していた彼女との結婚式にも招かれ、ナポリまでお祝いにかけつけた。彼の運転する車で、ポジターノにも、ソレントにも、アマルフィにも、ポンペイにも、何度も連れて行ってもらった。「朝の歓び」の世界は、おかげで実に身近に感じることができる。

もちろん、行ったことのない場所も多い。

昨年二〇一九年の夏、同僚と蟹を食べに兵庫県の料理旅館を訪れた際、運転手役の同僚に無理を言って、「海岸列車」の舞台である鎧駅まで連れて行ってもらった。

今最も訪ねてみたいのが、「ここに地終わり　海始まる」のロカ岬である。

「愉楽の園」のバンコクも魅力的である。

これらの場所の魅力は、全くそれぞれ異なっている。しかし、その土地を舞台にして物語が始まると、どこも同じように、その物語の展開のために、協力的に機能し始まる。これが宮本輝の魔法の一つである。

本書は、「宮本輝の小説作法」シリーズの第二冊である。当初は、第一冊と合わせた二〇章立てで計画していたが、出版社から、分厚すぎるとのアドバイスを受け、一〇章ずつの二分冊にした。

しかし、宮本輝の作品には、まだまだ紹介したいものがたくさんある。例えば、「流転の海」シリーズ。この三五年にも及んだ営為の時間を思えば、私も宮本輝論を書き続けることに憧れが生じてくる。

世界の存在感は、今、二重化しつつある。現実が不安定である以上、想像によるヴァーチャルな存在性も必要となってきた。この時代に、虚構なるものの存在意義は重要である。

今回も、本書の刊行に際しては、丸善雄松堂の西村光さんにお世話になった。本当にありがとうございました。

また、校正はいつものとおり、妻の手を煩わせた。ありがとう。

なお、本書は、二〇二〇年度追手門学院大学刊行助成制度による助成を受け、追手門学院大学出版会から刊行するものである。

真銅　正宏

二〇二〇年九月一七日

著者紹介

真銅　正宏（しんどう　まさひろ）

1962年、大阪府生まれ。博士（文学）（神戸大学）。神戸大学大学院文化学研究科（博士課程）単位取得退学、徳島大学総合科学部助教授、同志社大学文学部教授等を経て、現在、追手門学院大学教授。同大学学長・宮本輝ミュージアム　プログラム・ディレクター。専攻は日本近現代文学。

主な著書に、
『まほろば文学街道』（萌書房、2020年）、『宿命の物語を創造する　宮本輝の小説作法 Part Ⅰ』（追手門学院大学出版会、2020年）、『匂いと香りの文学誌』（春陽堂書店、2019年）、『触感の文学史』（勉誠出版、2016年）、『偶然の日本文学』（勉誠出版、2014年）、『近代旅行記の中のイタリア』（学術出版会、2011年）、『永井荷風・ジャンルの彩り』（世界思想社、2010年）、『食通小説の記号学』（双文社出版、2007年）、『小説の方法』（萌書房、2007年）、『ベストセラーのゆくえ』（翰林書房、2002年）、『永井荷風・音楽の流れる空間』（世界思想社、1997年）
以上単著、
『小林天眠と関西文壇の形成』（和泉書院、2003年）、『大阪のモダニズム』（ゆまに書房、2006年）、『ふるさと文学さんぽ京都』（大和書房、2012年）、『言語都市・上海』（藤原書店、1999年）、『言語都市・パリ』（藤原書店、2002年）、『パリ・日本人の心象地図』（藤原書店、2004年）、『言語都市・ベルリン』（藤原書店、2006年）『言語都市・ロンドン』（藤原書店、2009年）
以上共編著　など。

数奇の場所を文学化する
宮本輝の小説作法 PART Ⅱ

2020年11月30日初版発行

著作者　真銅　正宏

発行所　追手門学院大学出版会
〒567-8502
大阪府茨木市西安威2-1-15
電話（072）641-7749
http://www.otemon.ac.jp/

発売所　丸善出版株式会社
〒101-0051
東京都千代田区神田神保町2-17
電話（03）3512-3256
https://www.maruzen-publishing.co.jp

編集・制作協力　丸善雄松堂株式会社



組版／株式会社 明昌堂
印刷・製本／大日本印刷株式会社
ISBN978-4-907574-23-9 C0090